Dubut de Laforest

MADEMOISELLE
DE MARBEUF

PARIS

E. DENTU, ÉDITEUR

LIBRAIRE DE LA SOCIÉTÉ DES GENS DE LETTRES

3, PLACE DE VALOIS, PALAIS-ROYAL

MADEMOISELLE

DE MARBEUF

Windham Press is committed to bringing the lost cultural heritage of ages past into the 21st century through high-quality reproductions of original, classic printed works at affordable prices.

This book has been carefully crafted to utilize the original images of antique books rather than error-prone OCR text. This also preserves the work of the original typesetters of these classics, unknown craftsmen who laid out the text, often by hand, of each and every page you will read. Their subtle art involving judgment and interaction with the text is in many ways superior and more human than the mechanical methods utilized today, and gave each book a unique, hand-crafted feel in its text that connected the reader organically to the art of bindery and book-making.

We think these benefits are worth the occasional imperfection resulting from the age of these books at the time of scanning, and their vintage feel provides a connection to the past that goes beyond the mere words of the text.

As bibliophiles, we are always seeking perfection in our work, and so please notify us of any errors in this book by emailing us at corrections@windhampress.com. Our team is motivated to correct errors quickly so future customers are better served. Our mission is to raise the bar of quality for reprinted works by a focus on detail and quality over mass production.

To peruse our catalog of carefully curated classic works, please visit our online store at www.windhampress.com.

Mademoiselle de Marbeuf

ROMAN PARISIEN

I

Quand le comte Robert de Marbeuf, l'une
des victimes honorables du krach, résolut de
tenter la fortune lointaine dans le commerce
des diamants, la duchesse de Torcy accepta
la charge d'âme et de corps de la fille unique
du gentilhomme, sa nièce Christiane, de-
meurée sans ressources et sans protecteur.
Mme de Marbeuf, une princesse russe de sang
royal, dont le mariage morganatique fut un
événement parisien, venait de se sacrifier
pour payer les dettes de son mari. A la
nouvelle de la catastrophe financière, la

1

grande dame s'était rendue à la cour de Saint-Pétersbourg ; elle s'était jetée aux genoux du Czar et elle avait sollicité et obtenu du maître de l'Empire une grande faveur, l'autorisation d'aliéner ses biens dotaux. Puis, de retour en France, alors que, tendre maman, épouse dévouée, elle luttait contre l'infortune, invitant au travail le père de Christiane, illuminant le foyer mort sous le rêve enchanté de ses espérances, une fièvre étreignit la vaillante femme, qui s'alita et ne se releva plus : un délire transportait la comtesse en dehors des bornes du monde, et la dame s'endormit d'un sommeil auguste, belle de toute sa beauté radieuse, avec la seule conscience et la joie suprême de l'honneur intact de la famille, de l'honneur inviolé du double blason.

Frappé au cœur, M. de Marbeuf se sentit vieillir et trembler : l'écroulement d'une fortune considérable, le souci de l'existence, les privations, tout cela n'était rien à côté de la perte de la bien-aimée; elle vivante, le comte eût été plus fort, il se fût résigné à un emploi quelconque. L'âme de la bataille manquait, et, devant l'obligation si grave de gagner le pain quotidien d'une enfant chérie, le gentilhomme avait peur de lui, de ses nerfs, de ses allures encore hautaines, de son tempérament habitué à commander; il n'était pas assez sûr, enfin, en présence de chefs inconnus, de la placidité de son regard et de la souplesse de son échine. De plus, M. de Marbeuf caressait une idée de revanche : il voulait conquérir une dot digne de sa fille et de leur maison, et vraiment il ne pouvait guère l'espérer d'un rôle d'employé, même supérieur.

Dès qu'il eut conduit Christiane auprès de la duchesse de Torcy, le comte Robert de Marbeuf s'embarqua pour le cap de Bonne-Espérance ; quelques journalistes

parisiens s'égayèrent aux dépens de ce
viveur incapable, disaient-ils, de distinguer
un énorme solitaire d'un bouchon de carafe;
mais on se garda bien de rendre hommage
à la noble femme qui, dans le désastre, —
au-dessus des hontes de la Bourse, des con-
trats fictifs, des séparations de biens, des
reprises dotales, des faux et des mille finas-
series que les gens de basoche inventent au
gré du client malhonnête et désireux de
s'enfouir sous les jupes de Madame, —
avait donné l'admirable exemple d'une
ruine voulue, d'une ruine implorée. Le
comte ne réussit pas dans son entreprise,
et il se tua.

Autrefois, des rivalités animaient les
Torcy contre les parents de Christiane : le
duc et la duchesse, moins riches que leurs
cousins, enviaient la maison princière des
Marbeuf, la vie élégante et somptueuse du
couple brillant, dédaigneux de la politique,

ami du plaisir et de la charité à pleines
mains; et encore aujourd'hui la duchesse,
veuve hautaine et sévère, défenseur illustre
du trône et de l'autel, se souvenait des fines
railleries du comte et de la comtesse à l'égard
de la grande politiqueuse du Faubourg.
Comment M. de Marbeuf eût-il pu supposer
que la dame aigrie vengerait sur une tête in-
nocente les rancunes qu'il croyait oubliées
ou effacées par son malheur même? Il en
était pourtant ainsi. Loin de redoubler d'affection pour la nièce si malheureuse, la tante
lui faisait payer durement l'hospitalité; les
enfants de la duchesse, Juliette et Gontran,
aidaient leur mère dans l'œuvre des repré-
sailles, Juliette menée par une jalousie basse,
Gontran subissant des impressions diverses,
tantôt un amour désordonné, tantôt la haine
sournoise d'un amoureux enflé d'orgueil et
qui s'irrite parce que tous les regards d'une
belle créature ne se courbent pas vers lui,

honorés et très humbles. Juliette en voulait
à sa cousine de son élégance, de ses toilettes,
les robes de la comtesse morte que les doigts
de fée de la demoiselle transformaient, selon
le goût du jour, avec des ingéniosités de cou-
turière royale. Seule, l'institutrice, Mlle Flavie d'Amboise, témoignait quelque sympa-
thie à Christiane; mais la situation subalterne
de cette vieille et douce fille ne lui permet-
tait guère d'apaiser les rigueurs de toute la
parenté déchaînée. Entre une tante terrible
et des cousins méchants, Mlle de Marbeuf
vécut des années de douleur, une jeunesse
toute de tristesse et de larmes : on lui reprochait un manque de zèle religieux, bien
qu'elle accomplît ses devoirs ; on incriminait
en elle des airs de princesse, bien qu'elle se
montrât simple et modeste ; on lui donnait
à entendre, au milieu de douceâtres paroles,
de caresses hypocrites et d'allusions blessan-
tes, qu'elle eût été obligée de courir le cachet,

institutrice ou maîtresse de piano, si des parents charitables ne l'avaient recueillie; au moindre sourire, à la moindre joie, au moindre semblant de fierté, on la souffletait du souvenir de sa brillante condition passée; on la glaçait d'horreur, en lui montrant l'abîme ouvert sous les pas des filles nobles et pauvres. Jamais Mlle de Marbeuf ne se révolta contre les duretés et les injustices; patiente, elle attendait l'heure sainte où un être béni viendrait l'arracher de la sinistre maison. Oh! celui-là, comme elle l'aimerait!

Christiane se réjouissait d'être débarrassée des galanteries sournoises du cousin : aux passions multiples qui, à l'insu de la duchesse, avaient agité et bouleversé l'esprit ténébreux du frère de Juliette succédait une froideur apparente. Le jeune duc allait épouser une riche héritière, Mlle Laure de Château-Renauld, et ce soir-là — on était au mois de novembre 1884 — la duchesse Valérie de

Torcy donnait à dîner, en son hôtel de la rue
Saint-Dominique, pour fêter les fiançailles
de Gontran.

Dans une salle tendue de vieilles tapisse-
ries, avec des portraits d'ancêtres rangés tout
le long des hautes murailles, sous la lumière
d'un lustre de bronze florentin, et près d'une
vaste cheminée flambante aux énormes lan-
diers de fer que reliaient entre eux des chaînes gothiques, la duchesse Valérie trônait,
entourée de quelques membres du Parle-
ment. C'était une grande et maigre femme
d'une cinquantaine d'années, à la chevelure
grise en papillotes, au nez pointu, au visage
osseux éclairé par des yeux verdâtres. Elle
portait une robe de rouge velours décolletée
avec, sur la jupe, une écharpe de dentelles
noires, et tandis que ses gestes onctueux de
pontife soulignaient de graves paroles, sur
ses lèvres minces et froides, d'une froideur
de lèvres mortes, se glaçait pour renaître

plus froid un sourire plein de fiel et de sar-
casme, le mépris contenu d'une royaliste
exaltée envers des politiques toujours débor-
dants d'espoir et de belles promesses et toujours incapables de ramener leur Roy. Elle
s'acharnait surtout contre le duc de Puyguilhem, qui, lors d'une séance récente à la
Chambre des députés, et à l'occasion d'une
demande d'amnistie, avait déclaré prendre
la charge des quatre enfants d'un mineur
condamné pour participation à la grève de
Decazeville.

— Ah! mon cher duc, pourquoi vous in-
téresser à une famille de révolutionnaires et
d'assassins? Quelle singulière idée !

— Madame, ces enfants ne sont pas res-
ponsables du crime de leur père, et j'ai l'espérance de les voir grandir, laborieux et hon-
nêtes...

— Si nous offrons toutes nos sympathies
aux familles de nos adversaires, il ne nous

1.

en restera plus pour celles qui demeurent dévouées à notre cause...

Le comte de Château-Renauld, sénateur, solennel monsieur au front fuyant et à favoris poivre et sel, prit d'un ton ironique la défense du député :

— En somme, monsieur le duc de Puyguilhem, dont les opinions légitimistes ne sauraient être contestées, veut sans doute conquérir des âmes, les pétrir et inoculer — il disait le mot — inoculer aux enfants du révolutionnaire l'esprit de royalisme?

— Monsieur, répondit le duc, d'un ton froissé, je veux d'abord et surtout donner du pain à des enfants qui en manquent; le reste viendra à son heure.

— On n'apprivoise pas les petits des loups et des tigres! riposta Mme de Torcy.

Des crânes chauves s'inclinèrent, et même des dames mûres s'étaient approchées pour applaudir la cruelle parole, quand un cousin

de la duchesse, le marquis Arthur de Saint-
Hilaire, petit vieux noceur à moustaches
teintes, crut devoir, selon son habitude,
jeter une note gaie dans la conversation :

— Valérie, dit-il de sa voix chevrotante,
vous vous trompez : on apprivoise parfaite-
ment les fils de loups et de tigres : Mme Sarah
Bernhardt a rapporté d'Amérique une ti-
grette...

— Voyons, Arthur, je vous en prie...

Assises devant un piano à queue drapé
d'une blouse à fleurs de lys d'or, Juliette
et la fiancée, toutes deux vêtues de blanc,
feuilletaient des cahiers de musique :
Laure avait l'une de ces figures enlu-
minées trop régulières, au dessin trop
parfait, cette tête de brune madone que la
chromolithographie a popularisée jusque
dans nos campagnes ; Juliette était laide et
de la laideur de sa mère, car elle manquait
même des grâces de la jeunesse, la beauté

du diable, et avec ses longs bras, le nez
pointu, la poitrine creuse, les yeux et le froid
sourire de la duchesse, elle semblait finie
avant d'être, comme la plante dont une gelée
a brûlé les premières feuilles. Derrière sa
sœur et sa fiancée, Gontran, un petit mai-
griot très roide dans l'habit noir, le nez bus-
qué, les cheveux bruns coupés en brosse, le
monocle à l'œil, les moustaches aux poils
rares hérissés, se tenait debout, prêt au salut
correct qu'il accomplissait en véritable automate. De temps à autre, le jeune duc murmurait des phrases insignifiantes à l'oreille
d'un grand blondin aux yeux bleus et aux
belles moustaches, le vicomte Jacques
d'Hervilliers, capitaine de dragons ; mais
déjà le vicomte n'écoutait plus les banalités
de son ami Gontran : Mlle de Marbeuf venait
d'entrer au salon, et toute la pensée de Jacques s'en allait vers elle.

— Vous voyez! observa Juliette, assez

haut pour être entendue de Laure, ma chère
cousine est toujours la même... Il lui fallait
sa petite entrée!

Christiane serra la main de Laure et prit
place à la droite de l'institutrice, Mlle d'Amboise, qui l'appelait d'un geste affectueux.

Toute charmante en sa robe rosée, le cou
et les bras nus, blonde d'un blond fauve et
lumineux, la taille haute et souple, la poitrine jeune et ferme, le regard brillant, le
nez grec, la bouche d'une rougeur humide
avec des dents bien blanches, régulières,
mignonnes, le menton frappé d'une délicate
fossette, Mlle de Marbeuf révélait un mélange
de grâce et de force, les grâces félines de la
parisienne vivifiées d'un sang riche et nouveau; chacun de ses gestes disait une caresse,
chacun de ses mouvements, toujours gracieux et chastes, une volupté. Mais c'étaient
surtout la fraîcheur du teint, l'incarnat des
lèvres de chair neuve, le feu des yeux noirs

sous la chevelure d'or vierge qui animaient
ce visage d'une séduction personnelle, lui
donnaient une violente saveur de luxure ; et
à voir, dans l'éclat virginal de ses dix-sept
ans, cette étrange et superbe fille du Nord,
on comprenait à la fois et la haine jalouse de
la cousine et l'émotion profonde du jeune
officier.

Juliette savait bien qu'elle mentait en affirmant à Laure que Christiane retardait
son entrée au salon pour se réserver un
succès de vaniteuse, car ce même jour, une
querelle venait d'éclater entre les deux cousines, et Mlle de Torcy avait reproché à
Mlle de Marbeuf l'hospitalité de sa maison.
Christiane pleurait, lasse de tant de tristesses,
lorsque l'institutrice, Mlle Flavie d'Amboise,
était venue l'exhorter encore une fois à la
patience. Elle avait des airs d'impératrice
tombée mais encore fière, cette grande
d'Amboise au profil de médaille et aux che-

veux grisonnants, qui, au lieu d'éprouver la
haine commune et féroce d'une vieillesse
isolée contre tout ce qui est jeune et beau,
aimait la malheureuse enfant, l'élève pauvre,
jolie, intelligente, dont le travail et la douceur la consolaient de la paresse et de l'in-
supportable orgueil de Juliette. Malheureu-
sement, dès le lendemain, Mlle d'Amboise
devait quitter l'hôtel de Torcy, l'éducation
des demoiselles se trouvant terminée : l'institutrice mêlait des idées de courage à ses
paroles d'adieu ; elle retrouva des trésors
d'affection en son pauvre cœur glacé de
vieille fille. Christiane déclarait ne pas vouloir assister au dîner ; Mlle d'Amboise lui fit
entendre que le capitaine d'Hervilliers l'avait
déjà remarquée ; elle en était sûre, elle le
jurait ! Est-ce que Christiane laisserait le
champ libre à Juliette qui, elle, brûlait
d'envie de devenir vicomtesse? Alors, rani-
mée par cette voie amie, Mlle de Marbeuf

avait essuyé ses larmes pour descendre au
salon et y apparaître, le sourire aux lèvres,
dans toute sa triomphante beauté.

Le capitaine d'Hervilliers entraînait le
jeune duc.

— Gontran, dit-il, tu es mon ami, et je
puis te faire une confidence grave ?

— Sans doute !

— Eh bien, je suis fou de Christiane !

— Allons donc !

— Je l'adore !

. — Mais tu la connais à peine ?

M. d'Hervilliers n'eut pas le temps de
s'apercevoir de la pâleur du fiancé de Laure ;
un valet en culotte courte vint annoncer
que Mme la duchesse était servie et l'on passa
cérémonieusement dans la salle à manger.
Il y avait trente convives. Christiane se trouvait placée à l'une des extrémités de la table,
entre Mlle d'Amboise et le baron de Saint-
Hilaire ; de temps à autre, la vieille institu-

trice observait les yeux du capitaine, puis elle murmurait à l'oreille de sa voisine : « Il vous regarde... Il vous aime... »

Après un dîner grave et silencieux, on rentra au salon ; Juliette et Laure commencèrent les honneurs du thé ou du café ; Christiane demeurait à l'écart ; la duchesse qui voulait éviter jusqu'à un soupçon d'injustice, interpella doucement sa nièce : « Christiane, aidez donc, je vous prie, vos cousines. » Justement, le capitaine d'Hervilliers se trouvait là, l'un des derniers à servir, à cause de son âge, et ce fut à lui que Mlle de Marbeuf présenta la première tasse. Juliette rougit de colère, mais son émotion n'était rien auprès du trouble de Gontran. Le jeune duc allait, venait, papillonnait autour de sa fiancée ; il s'escrimait avec des grâces ; il paraissait enchanté, alors qu'une angoisse le ravageait au profond de son être. La confidence inattendue de Jac-

ques d'Hervilliers avait fait revivre sa pas=
sion pour Christiane; il ne voyait plus que
Christiane et ses yeux menteurs souriaient
à Laure.

Toute la soirée, il joua la même comédie;
il se montra galant pour Mlle de Château-
Renauld; il affecta la plus parfaite indiffé-
rence envers Mlle de Marbeuf, et personne
n'aurait pu supposer le grand désordre où
le jetait la déclaration soudaine de l'amoureux de Christiane.

Les invités partis, le jeune duc monta
dans ses appartements, et, contre son habitude, il prit un livre, afin de se distraire ou
de s'endormir. Il songeait. Cette femme
qu'il allait épouser, il ne l'aimait pas, et
voilà que tout d'un coup se réveillait et
éclatait en son imagination le premier
amour si violemment combattu. Mari de
Laure, il serait malheureux; quelque chose
le lui disait. Mais que faire? Il était fiancé

à une riche et noble demoiselle, il était d'un monde où les écarts se payent et sa mère l'avait habitué à ronger le mors, sans s'emporter jamais.

En sa nuit troublée resplendissait Christiane, et il observait jusqu'aux moindres détails de la figure ; non seulement il voyait Christiane, telle qu'elle était aujourd'hui, mais, rebroussant chemin, il revivait, pour ainsi parler, les origines, les arrêts et les reprises de sa passion ; il évoquait les souvenirs d'enfance, les gentillesses et les beautés successives de Christiane : ce visage et ce corps de la demoiselle, de la cousine tour à tour haïe et adorée, il les reconstituait avec d'autres corps et d'autres visages disparus dont il suivait le développement normal, et c'était une succession affolante et bizarre d'anatomies graduelles se résolvant enfin en une seule et admirable créature. Devant la radieuse vision, Gontran subissait encore les alternatives d'un cœur mauvais et d'un cerveau sans équilibre : il aimait la belle cousine de toute la ferveur d'un amoureux en extase ; il la salissait de toutes les ignominies d'un libertin vieillot.

A son réveil, Gontran se mit à réfléchir aux réalités présentes. Donnerait-il à sa mère, à sa famille, à son monde, le spectacle des incertitudes et des variations d'une âme faible et d'un sang corrompu ? Aurait-il la bravoure ou la lâcheté — il n'était pas fixé sur la valeur exacte du sentiment — de renoncer à un mariage avantageux, les fiançailles accomplies ? Oserait-il, après l'aveu de M. d'Hervilliers, barrer la route au capitaine ? La cousine méprisée accepterait-elle sa volte-face ? De tant de questions, la dernière, la plus grave, ne le préoccupait nullement ; il se chargeait de vaincre les résistances de M\ⁱˡᵉ de Marbeuf, si celle-ci ne se montrait pas très flattée d'un retour inespéré et si glorieux. Mais l'étrangère était riche, la parente était pauvre, et lui, il avait besoin, malgré sa fortune personnelle, d'une dot considérable pour satisfaire ses goûts, le train de maison qu'il rêvait de conduire.

Pendant une semaine, l'esprit de Gontran flotta entre des idées contraires. Grand coureur de cabotines, le jeune duc reprit le chemin de la haute noce, et, au lieu de l'apaiser, la fringale apporta des aliments nouveaux à sa fièvre de luxure ; partout il retrouvait Christiane, partout il rêvait de Christiane, et toujours demeurait incapable d'une détermination ; vingt fois il avait été sur le point d'aborder Christiane, de tout lui dire, à genoux ; il la rencontrait seule, s'inclinait et passait.

Mais, à dater du jour où la comtesse d'Hervilliers demanda pour son fils la main de Mlle de Marbeuf, le jeune gentilhomme se décida résolûment à donner satisfaction à ses instincts de tyran hypocrite et de lâche amoureux : il ne pouvait pas épouser Christiane, parente pauvre, il ne voulait pas que Christiane, parente jolie, devînt la femme d'un autre homme.

II

Mlle de Marbeuf allait épouser un gentilhomme que Mme de Torcy recherchait depuis longtemps pour sa fille, et la mère ne
perdait plus une occasion de témoigner sa
haine à l'orpheline enviée. Les règlements
militaires, on le sait, exigent des femmes
d'officiers un modeste apport dotal : les
d'Hervilliers ne demandaient rien à la duchesse, ils n'attendaient rien d'elle, et la duchesse aimait à répéter, en présence de
Christiane, que le capitaine devrait user d'un
stratagème, tourner la loi, doter la fiancée
sans dot. Juliette, la triste Juliette, affectait
des allures aristocratiques et généreuses, des
airs de grande sœur compatissante, et elle

avait seulement des gestes sournois de bourgeoise vulgaire, des indélicatesses de langue,
des observations de mauvais goût, des chat-
teries enfiellées, indignes de son monde et
de tous les mondes : il fallait l'entendre parler du trousseau de la mariée, inventorier,
glorifier le trousseau, l'aumône de la maison
riche à la parente pauvre ! Mais que pouvaient contre Christiane les cruautés de la
tante et de la cousine, alors que l'être aimé
faisait descendre la lumière et la chaleur vi-
tale en cette jeunesse tant de fois assombrie
et glacée, aujourd'hui débordante de tendresse et d'amour ? Est-ce que toutes les
rancœurs de la vaillante fille ne touchaient
pas à leur terme ? Est-ce que la malheureuse
n'était pas façonnée aux humiliations ? Don-
nerait-elle à la famille des armes attendues ?
Irait-elle compromettre par un écart de
parole, par une révolte espérée sans doute,
l'avenir radieux ? Oh ! non, elle restait

muette, malgré les provocations, les embû-
ches, les perfidies, se mordant les lèvres
pour ne pas éclater en sanglots et désertant
la place, à l'heure où trop fortes criaient ses
amertumes et ses douleurs profondes, où la
martyre avait peur de succomber devant
l'avalanche grossissante des injures habiles
et des ironies aiguisées.

Le capitaine d'Hervilliers rendit ses visites de plus en plus fréquentes à l'hôtel de
Torcy. Gontran souriait aux nouveaux fian-
cés ; il parlait même de retarder de quelques
jours son mariage, afin de célébrer une double et solennelle union : ce brave petit duc,
il semblait métamorphosé à son avantage,
toujours gai, toujours doux, et, à l'en croire,
follement amoureux de Laure.

Une nuit, la duchesse, Juliette, Christiane
et Gontran revenaient d'un grand bal offert
par Mme d'Hervilliers en l'honneur de sa
future bru. Dans le landau fermé, le jeune

duc se trouvait assis en face de sa mère et à
côté de Mlle de Marbeuf : au moindre caho-
tement de la voiture emportée par deux
chevaux de haute race, il se frôlait contre la
jolie cousine, la cherchait du pied, de la
jambe, de toute la moitié inférieure de son
corps, mais il se tenait le buste bien droit,
la tête altière, le col dégagé, l'œil indifférent ; la demoiselle se reculait, gênée, agacée, n'osant pas se plaindre, et lui, il la
pressait toujours, la sentait toute vibrante
de la fièvre que Jacques venait d'allumer en
elle, suivait les palpitations de la gorge, sous
la blanche mantille, respirait le parfum de
la chevelure rayonnante et de la bouche un
peu mouillée, et, beau comédien, pour ne
pas trahir les voluptés de ses attouchements,
il débitait un flot de banales paroles, tandis
que le drap du pantalon s'enfonçait vers la
robe de bal. Jamais Gontran n'avait trouvé
Christiane si belle, si désirable, et au con-

tact des formes juvéniles, à la douce et pé-
nétrante chaleur des membres qui le fuyaient,
il imagina ce qu'il ne pouvait voir, le rose
éclat des charmes intimes, les lignes déli-
cates du torse, la cambrure des reins, les
saillies, les creux et les contours, jusqu'à la
vierge fleur souriante en un bouquet de
frondaisons d'or. A ce moment, il fut obligé
de s'éloigner de la cousine, d'entr'ouvrir la
glace d'une portière, car, le feu au sang, il
tremblait d'un besoin luxurieux, de la folie
érotique de prendre Christiane, de la prendre là, de l'étreindre en une jouissance éper-
due, sous les yeux mêmes de sa mère et de
sa sœur. Il se contint pourtant. Un coup de
vent glacial emporta cette bouffée sensuelle
que les dames de Torcy, déjà sommeillan-
tes, n'avaient pas remarquée et dont Mlle de
Marbeuf devait toujours garder l'indicible
terreur.

Le landau s'arrêtait devant le perron

de l'hôtel. Gontran descendit le premier, repoussa le valet de pied, offrit la main aux dames, en invoquant une migraine qui le dispensa de la petite causerie d'usage sur les toilettes du bal. Au lieu de se diriger vers ses appartements, le fiancé de Laure s'en vint attendre à la porte de Christiane. Le jeune duc avait médité son plan, il en prévoyait les conséquences et il agissait avec la froide résolution d'un criminel : il savait que Christiane se déshabillait seule, et que, les femmes de chambre se trouvant auprès de leurs maîtresses, aucun témoin indiscret n'était à craindre depuis le départ de l'institutrice. Mais, s'il donnait à la cousine le temps de se mettre au lit, de s'enfermer, s'il frappait au milieu de la nuit, Mlle de Marbeuf réveillée en sursaut appellerait au secours, et il ne voulait point de tapage; il avait dévissé la serrure et la serrure était facile à faire sauter; il possédait une fausse

clé de fabrication récente; il songeait encore
à imiter la voix de Juliette : il ne s'arrêta
pas à ces expédients de collégien naïf, et il
lui parut beaucoup moins dangereux d'épier
simplement l'entrée de la jeune fille.

Mlle de Marbeuf avançait; il se cacha
derrière un pilier du couloir, et dès que la
demoiselle eut pénétré dans sa chambre, il
frappa à la porte, entra en se nommant,
affecta un air désespéré : « Ma mère, dit-il,
vient d'être prise d'une syncope !... » — Et
puis, ayant évité la première crise, la plus
redoutable, il excusa son mensonge par l'ardeur de sa passion, avec une belle phrase :

— Christiane, un violent amour déchaîne
les folies aussi bien que les héroïsmes, et
on doit plaindre les amoureux qui ne peuvent choisir. Oh ! je comprends votre stupéfaction, vos craintes, votre pâleur, mais
revenez de vos alarmes : je respecte celle
que j'aime !

2.

— Vous avez perdu la raison, monsieur...
Sortez !

— Si je suis fou, c'est de toi, je le jure !

· - Sortez ou j'appelle !

— Si vous provoquez un scandale, votre
mariage est manqué, ne l'oubliez pas, cousine.

— Lâche ! n'est-ce pas assez des angoisses
que j'ai supportées en cette maison, et faut-
il que j'en sorte avilie ?

— Qui parle de vous avilir ? Je viens vous
supplier de m'écouter. L'heure n'est pas
convenable, mais suis-je maître de mes
heures, alors que, depuis une semaine, vous
vous dérobez à mes tentatives de réconci-
liation ?

— Prenez garde, Gontran : j'ai quelqu'un
pour me défendre !

— Jacques ?

— Oui, Jacques ! Celui qui vous soufflet-
tera demain !

— Ma pauvre petite, lorsque d'Hervilliers
saura que je suis venu, la nuit, dans la
chambre de Christiane, il ne voudra plus
de Christiane. Appelez ! sonnez ! et en présence de la famille, des serviteurs, comme
demain, en face du vicomte d'Hervilliers,
je déclare, j'affirme que Mlle de Marbeuf a
été ma maîtresse... Vous voyez bien qu'il
vaut mieux m'entendre ?

Mlle de Marbeuf avait marché jusqu'au
fond de la chambre; Gontran se traînait à
ses genoux.

— Pardon, ma Christiane, pardon ! Enfant, je t'adorais; homme, je t'adore ! J'étais
faible, j'avais perdu la tête, abusé par une
mère imbécile et une sœur jalouse; j'ai lutté
pour vaincre l'amour tout-puissant qui vers
toi me ramène; j'ai cherché auprès d'une
poupée insignifiante l'oubli de mes douleurs:
l'étrangère eût été le deuil de ma vie; tu en
seras la fête, la rédemption, car, toi seule

revis en ma pensée!.. O Christiane, qu'im-
portent la fortune et le monde! Tous deux,
nous sommes libres encore, nous quitterons
Paris, et nous nous aimerons toujours, toujours...

— Gontran, mon cœur ne m'appartient
plus et je ne puis vous aimer... Je pardonne
à votre folie; maintenant, de grâce, éloi-
gnez-vous!

— Vous me haïssez donc bien?

— Je ne hais personne.

— Christiane?

— Gontran, pour la dernière fois, je vous
supplie de vous retirer?

— Non, je ne veux pas que tu en aimes
un autre! je ne le veux pas! Entends-tu, je
ne le veux pas!

Il lui baisait les mains, s'accrochait à ses
jupes; elle se dégagea :

— Vous me faites horreur; je vais crier

au secours et vous donner enfin la joie de me compromettre !

— Inutile ! gronda-t-il en se relevant. Vous êtes de glace, cousine, et me voilà tout refroidi ; je ne recommencerai pas... Adieu !... Mais, Christiane, vous avez tort, parole d'honneur, vous avez tort !...

Et le jeune duc s'achemina, sans bruit, du côté de ses appartements, le long des couloirs silencieux.

Au matin, Gontran descendit aux écuries, et après avoir distribué des ordres au reste de la valetaille, il demeura seul avec le premier cocher, un sujet anglais, Élias Rowester, bellâtre à favoris, épave de cirque forain tombée là, sur la recommandation d'une agence parisienne ; le maître et le valet se comprenaient à demi-mot. Élias était au courant de ce que le gentilhomme venait lui demander, et depuis trois jours, il attendait l'ordre d'agir.

— C'est pour ce matin, Élias.

— Aoh! yes, monsieur le duc.

Gontran tira de sa poche une liasse de billets de banque, dix mille francs, qu'il remit au cocher :

— L'affaire terminée, on te chasse; tu ne répliques pas et tu files en Angleterre par le premier train ?

— Yes.

— Sous aucun prétexte, tu ne reviendras à Paris ?

— Jamais.

— A tout à l'heure !

— Yes.

Mlle de Marbeuf aimait les chevaux ; elle avait pris surtout en grande affection une pouliche nommée Muscadine que M. d'Hervilliers, pour être agréable à sa future femme, se proposait d'acheter. Souvent, Christiane caressait Muscadine, offrait du sucre à la bête ; mais, ce matin-là, dans la crainte de rencontrer le duc, la jeune fille qui se rendait au jardin, passait sans s'arrêter devant les écuries. Le cocher Élias l'aborda, très respectueux :

— Miss serait bien aimable de dire une pétite bonjour à Muscadine ; je l'ai pomponnée, bichonnée ; elle s'ennuie tant, la pauvre Muscadine, quand miss ne la visite pas ! Elle s'ennuie bocou, fortement, fortement !...

Christiane suivit le cocher, et tandis que la main mignonne flattait l'animal hennissant de plaisir, les gros doigts d'Élias effleurèrent la taille et les cheveux de la demoiselle, et aussitôt l'homme bégaya :

— Voici monsieur le duc ! Miss, nous sommes perdus ! Oh ! yes, qué malheur !...

Gontran cravacha Élias, sur le dos, pour la forme, et il tourna aussitôt sa colère contre Mlle de Marbeuf ; il la couvrit d'injures, et l'empoignant au bras, il la fit marcher, la cravache haute ; il la traîna , plus morte que vive, au milieu de la domesticité ahurie, jusque dans le grand salon où la duchesse lisait les journaux.

— Madame, dit-il, c'est à vous qu'il appartient de décider si notre maison doit être souillée plus longtemps ?

Mme de Torcy se leva, pleine de dignité :

— Parlez, monsieur ?

— Cette fille que vous avez recueillie, cette parente indigne, je l'ai surprise avec l'un de vos valets.

— Christiane ?

— Oui, Christiane !

— Vous vous trompez, mon fils ; Mlle de Marbeuf est à l'abri de pareils soupçons, et je vous blâme...

— Je ne soupçonne pas, j'ai vu.

— Quand cela ?

— A l'instant même.

— Avec un valet ?

— Oui.

— Moi, je veux des preuves !

— Alors, interrogez le drôle que je viens de cravacher, ce misérable Élias !

— Élias, le cocher Élias ?

— Oui, madame, le cocher Élias, qui ne pouvant nier, avoue son forfait. Voulez-vous l'entendre ?

— Je l'exige.

Le sang avait abandonné la figure, de l'accusée ; Mlle de Marbeuf regardait, entendait, incapable de se mouvoir ni d'articuler une parole ; elle restait là, debout, immobile, comme les vestales antiques, sous le souffle d'un dieu irrité, dans l'attitude plus moderne d'une hynoptisée de la Salpêtrière.

Maintenant, la duchesse, assise dans un fauteuil à haut dossier, telle qu'un juge en son tribunal, terminait l'interrogatoire

3

d'Élias. Le cocher s'était présenté, les bras
ballants, les favoris effarés.

— Élias, vous affirmez n'avoir usé d'aucun
moyen de violence ?

— Miss venait trouver moi, le matin, madame le duchesse...

— C'est donc elle qui vous recherchait ?...
Mais, c'est affreux, cela ! Mademoiselle
de Marbeuf, je vous en conjure, dites à cet
homme qu'il a menti ?... Vous ne répondez
pas ?... Gontran, faites régler le compte
d'Élias, et chassez cet individu sur l'heure!...
Quant à vous, mademoiselle, montez dans
votre chambre pour y attendre mes ordres!...

Christiane ouvrit de grands yeux; le sang
lui revint, en même temps que la raison :

— Madame ! madame ! Votre fils est
fou!... La jalousie l'égare!... Il me tue...
La nuit passée, il s'est introduit dans ma
chambre...

— Silence, mademoiselle ! N'ajoutez pas

un nouveau mensonge à votre infamie...

— Au nom du ciel...

— Elles ont perdu le droit d'implorer le
ciel, les filles indignes qui salissent leur
maison !...

— Madame... ma tante...

— Je ne suis plus votre tante...

— Madame...

— Allez vous enfermer !

— Encore une fois...

— Allez vous enfermer !.. Allez !...

Mlle de Torcy parut sur le seuil de la
porte ; Christiane courut à elle, et à genoux,
les mains jointes :

— Juliette, on m'accuse... par pitié, pro-
tège-moi !...

— Ma fille, cria la duchesse, je vous défends de parler à mademoiselle !..

— Juliette, je ne suis pas coupable : on
veut me perdre ! on veut ma mort ! Dis,
cousine, tu ne me hais pas à ce point ?

Juliette détourna le visage.

Quand elle se trouva seule dans sa chambre, Mlle de Marbeuf éclata en sanglots ; puis, dominant l'émotion qui l'étranglait, elle écrivit la lettre suivante :

A M. le vicomte Jacques d'Hervilliers,
Capitaine au 3o^e de dragons,

En son hôtel, place Sainte-Geneviève.

« Jacques,

« Votre Christiane, la fiancée que vous avez choisie et qui s'enorgueillissait d'appartenir bientôt à la maison des d'Hervilliers, votre Christiane est malheureuse : elle a besoin de tout son courage pour supporter la dernière et cruelle épreuve que Dieu lui réservait ; elle a besoin de toute sa croyance en vous pour mettre un peu d'ordre en ses idées troublées.

« Jacques, depuis la mort des miens, j'ai
pleuré, j'ai souffert, et le pain quotidien de
la famille adoptive, il a été payé par les
humiliations de l'orpheline et comme pétri
avec ses larmes. Jamais une caresse, jamais
une parole affectueuse : trois êtres ligués
contre moi, luttant de sarcasmes, une tante
barbare, une cousine jalouse, un cousin
hypocrite et furieux parce que je méprisais
son amour. Mais vous êtes venu, et si vers
la parente pauvre sifflaient encore les menaces et les haines, je n'entendais plus rien,
je ne voyais plus rien. Gontran, du reste,
semblait aimer une autre femme, et j'en
étais ravie, et j'oubliais les heures cruelles,
et je rêvais de l'avenir, ma pensée pleine
de vous ! Gontran, lui, n'oubliait pas ; sa
passion abhorrée n'était pas morte : il était
là, toujours là, épiant nos entrevues, et moi,
dans la crainte de vous chagriner, de vous
perdre, je cachais mes tourments, je fuyais

le regard de l'homme qui me faisait peur,
et je vous souriais, tremblante et joyeuse.

« Il me faut vous dire toutes les lâchetés du
misérable. Après avoir tenté de me séduire,
après avoir violé la chambre sacrée d'une
parente, Gontran, votre ami Gontran, duc
de Torcy, vient de soudoyer un cocher; il
fait en sorte de donner à ma rencontre
avec cet homme les apparences d'une liaison
criminelle ; alors, il s'intitule gardien de la
dignité de la maison, il me saisit, me traîne
comme la dernière des infâmes, et le cocher
déclare, affirme, en présence de la famille et
des autres serviteurs, que je l'ai recherché,
qu'il m'a salie, que, lui valet, il a possédé
une Marbeuf !

« Il y a donc une souffrance ignorée qui
précède les mystères de la mort, puisque je
ne suis pas morte de honte, en présence de
l'accusation ?

« Jacques, ô mon unique amour, vous

demeurez ma seule force, mon seul espoir, car Dieu lui-même m'abandonne : votre Christiane est toujours digne de vous, et c'est vers le double blason d'honneur du gentilhomme et de l'officier français qu'elle tend des mains suppliantes. Vous ferez justice !

« CHRISTIANE DE MARBEUF. »

Le capitaine d'Hervilliers, dont le régiment tenait garnison à Compiègne, venait d'obtenir un congé d'un mois pour son mariage, et, après le déjeuner familial et une petite causerie intime, l'officier allait se rendre auprès de Christiane, lorsqu'un domestique annonça :

— Monsieur le duc de Torcy...

Gontran s'inclinait devant la comtesse, serrait les mains du comte et de Jacques, mais il était si nerveux, si visiblement ému, que la noble dame, le vieux gentilhomme et le dragon lui-même tremblèrent tous les trois, pénétrés de la divination d'un irréparable malheur. Cependant M. et Mme d'Hervilliers se remirent un peu de leurs craintes : le jeune duc s'excusait auprès d'eux ; il avait à entretenir Jacques d'un événement grave ; il ne parlait ni de mourante, ni de morte, et comme une fureur contenue semblait le posséder, l'exalter, alors que les deuils nous glacent et nous paralysent, le calme revint sur ces visages anxieux.

Jacques et Gontran montaient côte à côte un grand escalier de marbre qui conduisait aux appartements du capitaine, et, aux questions du fiancé de Christiane, le petit duc se dérobait encore, poussait de longs soupirs, offrait des poignées de mains :

— Ah ! mon pauvre Jacques !

— Gontran, qu'y a-t-il ?

— Cher ami !...

— Eh bien ! voyons ?

— Tout à l'heure... dans ta chambre...
j'ai besoin de me recueillir, je dois t'épargner... La nouvelle est atroce, horrible, pour
toi, pour moi, pour les miens...

Demeurés seuls, le comte et la comtesse
s'arrêtèrent à la même idée : il s'agissait
d'un duel, et Gontran demandait à Jacques
de lui servir de témoin ; Mme d'Hervilliers,
encore belle avec sa douce figure de patricienne romaine, s'inquiétait au sujet de
M. de Torcy, et le vieillard redressait une
paire de rudes moustaches blanches, en es-
quissant des gestes de pourfendeur.

Le jeune duc disait l'histoire de Mlle de
Marbeuf et du cocher Élias, que l'officier
écoutait, les dents serrées, la rougeur au
front ; il disait son arrivée soudaine, l'émoi
des coupables, l'intervention de la duchesse,
le silence de la malheureuse, l'aveu du séducteur ; il inventait le tableau vivant des
deux criminels, et son récit s'allumait des

3.

couleurs d'une réalité saisissante ; il les
montrait tous deux, derrière une porte à
peine fermée, afin d'être debout, à la moindre
alerte ; il les montrait couchés au fond des
écuries, le seul endroit qui convenait à leurs
amours infâmes ; il les faisait voir désenlacés,
Élias, la lèvre pendante, cachant son sexe ;
Christiane, les yeux hagards, la bouche ba-
veuse, rabattant ses jupes et désertant le
chenil, la litière toute souillée des luxures
du goujat.

— Tonnerre de Dieu ! cria l'officier en
se levant, il faut que ce soit toi qui affirmes
ces choses : tout autre, je l'étranglerais !

Gontran, la tête basse, reprit la parole, et
vers l'amoureux qui essuyait ses larmes et
sentait un grand froid envahir et glacer son
cœur, il débita des serments fraternels, des
phrases éplorées : la douleur était pour
Jacques ; la honte, toute la honte pour la
maison des Torcy. Leur maison, il la relevait

de la souillure accidentelle, en incriminant
une alliance isolée ; il accusait la mère de
Christiane, la princesse morte et toujours
ennemie, la Russe dont les flancs barbares
avaient porté une mauvaise créature, et ce
fut une interminable évocation d'ancêtres,
de gloires disparues, de nobles et vertueuses
dames de France depuis longtemps bien
tranquilles et sans doute, aujourd'hui, frissonnantes en leurs tombeaux.

Il conclut cependant d'une manière moins
héroïque :

— Ma mère veut enfermer Christiane dans
un couvent : Mlle de Marbeuf est une sauvage ou bien une malade, une folle, une
nymphomane, un sujet de Charcot, de Luys
ou de Dumontpallier...

C'était une brave et loyale nature que
celle du capitaine de dragons, une nature un
peu farouche, naïve, emportée, toute d'un
élan et d'une flamme, disposée à l'empreinte,

et la passion même du jeune officier pour
Mlle de Marbeuf était de ce tempérament
une démonstration éclatante. Lui, gentilhomme et soldat, marchant aujourd'hui à
l'amour comme demain il marcherait à la
bataille, rebelle aux perfidies et aux ruses
du monde, il avait aimé une indigne, sans
la connaître : voilà ce qu'il se disait, abattu
et songeur. Comment, du reste, Jacques
eût-il déchiré les voiles de tous ces mensonges ? Est-ce que les circonstances ne plai-
daient pas en faveur de la sinistre comédie
de Gontran? Est-ce que le cousin de Christiane, fiancé de Laure, pouvait être soup-
çonné d'un regret envieux ?

M. d'Hervilliers en voulait d'autant plus
à la demoiselle flétrie qu'il dut lutter contre
ses parents désireux de lui voir accomplir
un mariage noble, mais riche aussi, tout au
moins en rapport avec leur situation de
fortune. En sa colère aveugle et grandis-

sante, au lieu d'une Christiane douce, chaste, amoureuse, apparaissait la maîtresse d'Élias; et, absorbé dans l'horrible vision créée vivante par le confident, Jacques suivait le chemin d'infamie, et lui-même découvrait d'autres souillures : il croyait se souvenir que l'autre nuit, au bal, Christiane avait tiré sa langue rose et frétillante, qu'elle avait eu des ardeurs et des indécences de fille de joie, des clignements d'œil, des provocations du torse et des hanches, et cela l'énervait, l'indignait, l'affolait d'être le jouet imbécile de l'intrigante pauvre, de l'allumeuse corrompue, de la coquine, de la femelle du cocher!

Et le faux ami qui lisait dans la pensée de Jacques :

— Si Christiane était ma sœur, je l'aurais tuée!...

Lorsque les deux gentilshommes se séparèrent, la duchesse de Torcy se trouvait

déjà auprès de la comtesse d'Hervilliers, et
la mère, avec sans doute plus de réserve et
de délicatesse que son fils, terminait l'œuvre
du cousin de Christiane.

Mlle de Marbeuf songeait aux moyens de
faire parvenir sa lettre. Aucune des femmes
de chambre ne lui inspirait assez de confiance, et jusqu'à trois heures elle attendit
la visite de Mlle Flavie d'Amboise; l'institutrice ne reparut pas, ou bien la duchesse
l'empêcha de revoir son ancienne élève.

Christiane refusa la nourriture que les
servantes lui avaient apportée. De sa fenêtre
ouverte sur la cour, elle avait observé d'abord
le départ de Gontran et puis celui de la duchesse, elle pensa que la mère et le fils
s'étaient rendus à l'hôtel d'Hervilliers, que
là-bas ils accusaient l'absente, que peut-
être on croyait aux accusations, — et, effrayée des vengeances du lendemain, du

sombre cloître dont on la menaçait, elle
s'habilla, mit un manteau, des gants, un
chapeau, bien résolue à quitter la maison
de douleur, à demander un asile à la mère
de Jacques, et, si la comtesse refusait, à se
tuer, à se perdre au loin, dans la nuit.

A travers les couloirs, elle rencontra sa
cousine Juliette qui l'interrogea, d'un ton
impertinent :

— Vous sortiez, mademoiselle

— Oui, mademoiselle.

— Je vous défends de sortir!

— Laissez-moi passer?

— Non!

Juliette appelait à l'aide, mais Mlle de
Marbeuf descendait l'escalier de service,
ouvrait la porte basse de la cour et s'élançait dans la rue. Elle marcha d'un pas rapide jusqu'à l'hôtel d'Hervilliers, et elle ordonna au concierge :

— Faites annoncer de suite mademoiselle de Marbeuf à madame la comtesse.

Le concierge s'inclina, très surpris d'une visite aussi bizarre, et s'en vint exécuter l'ordre; il reparut bientôt, toujours plus étonné :

— Madame la comtesse n'est pas visible, mademoiselle.

— Monsieur le vicomte, alors?

— Je crois, mademoiselle, que monsieur le vicomte ne vous recevra pas non plus; monsieur le vicomte a entendu votre nom, et il semble d'une humeur... Je ne l'avais jamais vu ainsi!...

— Eh bien! moi, je veux lui parler!...

Malgré les supplications du concierge et de sa femme, tous deux atterrés, elle passa, hautaine, traversa la cour d'honneur et monta le grand escalier. Justement, le vicomte sortait du salon.

— Jacques!...

— Mademoiselle, vous avez l'audace de pénétrer ici, malgré notre défense?

— Monsieur, je vous supplie...

— Retirez-vous, mademoiselle!

— Jacques?...

— Retirez-vous, malheureuse, ou je vous cravache!

Christiane redescendit ; mais, devant la loge, elle s'arrêta encore ; un dernier espoir semblait la ranimer : Jacques avait entendu les accusateurs ; il écouterait la défense. Les doigts crispés, elle tendit au concierge la lettre qu'elle venait d'écrire, l'humble et vaillant témoignage de sa vie de malheur :

— Remettez cette lettre à M. Jacques d'Hervilliers; remettez-la en mains propres; dites-lui que sa fiancée, victime d'une odieuse accusation, s'en va prier à Sainte-Geneviève, et que s'il refuse de m'entendre, avant la nuit, on me trouvera morte!

III

L'église de Sainte-Geneviève était presque
déserte. Un cortège d'ombres descendait de
l'architrave, s'allongeait autour des frises et
des chapiteaux ; çà et là, des veilleuses d'or
piquaient de leurs rouges étoiles les im-
mensités de la nef, et sous la grande voûte,
vers les bas-côtés resplendissants de sépul-
crales blancheurs, les marbres des tombeaux, les froides statues paraissaient implorer du souffle divin la résurrection de
leurs images évanouies et glorifier le Christ
en face de la Sainte, le Dieu crucifié dans
sa toute-puissance. A l'entrée du temple et
près du grand bénitier où se repose un ange
tout blanc, Mlle de Marbeuf s'était agenouil-

lée, le front entre ses mains; de temps à
autre elle jetait un coup d'œil rapide, à
droite, à gauche, et comme le bien-aimé ne
venait pas et qu'elle désespérait de le revoir jamais, ses yeux de vivante finirent par
s'arrêter et se fixer sur le Dieu que toujours
suppliaient les yeux morts des blanches
pierres. Deux ou trois femmes vêtues de
noir priaient aux lueurs des cierges d'une
chapelle fleurie; un vieux mendiant grelot-
tait contre un pilier : Christiane aurait bien
voulu lui faire la charité, mais au milieu
de son trouble elle avait oublié sa pauvre
bourse, une centaine de francs, les étrennes
successives de la duchesse. Les abbés ne
confessaient plus et se retiraient; les loueuses
rangeaient les dernières chaises; un sacristain emportait de hautes verdures, la décoration d'un riche mariage ; un autre recou-
vrait d'un drap sombre les nappes blanches
des autels; un autre encore agitait un plu-

meau, époussetait la table sainte, les burettes, les vases sacrés, les ostensoirs, le grand Évangile.

Quelqu'un ouvrit l'une des portes latérales de gauche et entra. Christiane se dit : « C'est lui ! » et elle se leva brusquement. C'était un prêtre barbu, un colosse à la démarche hardie, un civilisateur des contrées lointaines ; il longea la nef retentissante au bruit de ses pieds et s'agenouilla devant le tabernacle du maître-autel. L'idée vint à Mlle de Marbeuf de se confesser à ce père et d'implorer en même temps ses conseils. Dans ses voyages, il avait dû voir bien des douleurs, sécher bien des larmes ; elle marcha de son côté ; il restait immobile, en extase, et soudain il se frappa la poitrine, à grands coups redoublés, et avec tant de force que Christiane tressaillit. Elle regagna sa place et recula sa chaise entre les ombres d'un confessionnal désert. Le religieux voya-

geur s'en retournait; les femmes noires
quittaient la chapelle et le mendiant lui-
même avait disparu. Seule, Christiane demeurait en son coin ténébreux. Sainte-
Geneviève gardait un vieux parfum d'en-
cens, subtil et doux à l'odorat de la demoiselle, comme était douce et mystérieuse à
son regard la lumière tamisée des vitraux;
il faisait froid; la croyante ne souffrait pas
du froid, et une sensation de quiétude in-
finie la pénétrait toute : Christiane demeurait là pour y pleurer, pour y prier, pour y
dormir, pour y rêver, pour y mourir peut-
être.

Le sacristain, celui qui tenait le plumeau,
la toucha doucement à l'épaule :

— Pardon, mademoiselle, je vous ai
appelée déjà ; vous n'entendiez pas; il est
six heures; on va fermer l'église.

— Je croyais que les églises restaient
ouvertes toujours ?

—Jusqu'à six heures en hiver, sept heures en été, mademoiselle ; on rouvre ensuite s'il y a sermon ou prières ; mais jamais les églises ne restent ouvertes la nuit.

Mlle de Marbeuf se heurtait aux chaises empilées, dont les pieds et les barreaux la menaçaient au passage comme autant de bois de torture ; elle plongea ses doigts dans l'eau bénite, qui, au travers du gant, lui parut glacée, fit le signe de la croix, regarda le vide et tout au fond la dernière étoile rouge d'un rouge de sang ; elle regarda les pâles statues des tombeaux, puis le Christ, la Sainte, et il lui sembla que les morts, sainte-Geneviève et Dieu lui-même ricanaient entre eux d'un ricanement terrible et sonore à ébranler le temple. Elle sortit de l'église, épouvantée.

Sur la place Sainte-Geneviève, le sentiment du réel chassa la bizarre hallucination ; Christiane se dit que, très probablement,

le concierge n'avait pas remis sa lettre, et
elle sonna à l'hôtel d'Hervilliers.

— Oh ! je vous en prie, mademoiselle,
grognèrent en même temps le concierge
et sa femme, ne revenez plus ici ; vous avez
failli nous faire perdre notre place !

— Ma lettre ?

— Votre lettre, mademoiselle, répondit
seule, cette fois, la femme du concierge, eh !
c'est votre lettre qui a été la cause de tout
le mal !

— Monsieur le vicomte a lu ma lettre ?
Vous en êtes sûre, vous me le jurez, madame ?

— Je vous le jure, mademoiselle !...
Monsieur le vicomte a même... mais, à
quoi bon ?

— Dites ?

— Eh bien ! il vous a traitée de comédienne... d'autres noms encore...

— Lui ?

— Lui!

— Oh! gémit-elle, pleine de honte et de terreur.

Et elle se sauva.

La nièce de Mme de Torcy descendait les boulevards de la rive gauche, accélérant le pas, lorsque des étudiants suivaient de trop près le manteau noir et le chapeau de velours sombre posé de travers, à la cascadeuse; des sueurs inondaient sa figure, coulaient le long de ses reins, et elle avait très chaud ou très froid, elle ne savait plus. Elle marchait, galopait au milieu de la chaussée bruyante. Les promeneurs des trottoirs lui criaient de se garer ; d'autres riaient, l'insultaient, et pour tous ce fut un miracle de voir les tramways, les omnibus, les voitures et les fiacres épargner le mince corps. Enfin Mlle de Marbeuf touchait au terme du voyage : des hauteurs du Pont-Neuf, elle regardait la Seine, écoutait la chanson du fleuve grossi

4

par les pluies hivernales, et, avec le sens
très spécial de ceux qui se sentent attirés
vers l'abîme, elle mesurait la profondeur des
eaux, observait les débris jetés là, des giran-
doles de papier, une casquette, une savate,
des linges, un chat crevé ; elle se pencha,
hésita, puis résolûment elle dit : « Non ! »
et, s'essuyant le visage, remettant son chapeau d'aplomb, elle continua sa route vers
l'avenue de l'Opéra.

Ce n'était plus Christiane, ce n'était plus
la douce demoiselle de l'hôtel de Torcy, ni
la chaste fiancée de Jacques, ni la fervente
de Sainte-Geneviève : un feu étrange animait
cette musculature tout à l'heure défaillante ;
au sang incolore de la Parisienne-martyre
succédait un sang vermeil et fumant comme
une cuvée de vin nouveau, le sang de la
mère, de la Russe, un sang capiteux et robuste de six cents ans de barbarie !

Il était minuit et l'on sortait de l'Opéra.

Christiane allait et venait, sur le refuge de la
place ; elle marchait, les lèvres riantes, mais si
hautaine en son modeste costume que pas un
homme n'osa l'aborder.

Sous le ciel bleu de cette nuit d'hiver, un
ciel de fête illuminé de toutes ses constel-
lations, — devant le cavalier de service,
immobile comme une statue, — le monument, toujours écrasé en plein jour par
les hautes maisons environnantes, semblait
grandir et se transfigurer aux incendies de
la lumière électrique : les marbres avaient
perdu de leur blancheur trop neuve ; la cou-
pole, de sa masse trop lourde ; les dorures,
de leur brillant trop vif ; les styles de cent
cathédrales, parthénons, mosquées, pagodes,
tous les ordres de l'Académie nationale de
musique, à la fois temple grec, romain, turc,
égyptien, arabe, indien, chinois, japonais,
se confondaient harmonieusement ; le dori-
que, l'ionique, le corinthien, le composite

et le toscan oubliaient les distances, et
le grave byzantin courtisait le gothique
fleuri. Entre les baies ouvertes et la soie
jaune clair des velums bouillonnés, flot-
taient des nappes lumineuses et des tourbillons resplendissants ; les colonnettes, presque
diaphanes, s'élançaient d'un jet plus rapide.
C'était un tournoi de lumières bleuâtres sur
les meneaux des fenêtres, les archivoltes des
portes, les groupes de la façade, les médail-
lons, les corniches, les entrelacs, les festons,
les fleurons et les listels, les trèfles, les
rosaces, les guirlandes, les broderies, les
dentelures, les arabesques ; c'était une orgie
d'apothéoses sur les marches, le pourtour
où circulaient deux gardes municipaux,
l'arme au bras, et que peuplaient des habits
noirs égayés du blanc, du rose des femmes ;
et tandis que les arcades profondes, seulement éclairées de rouges et faibles lueurs,
offraient avec la vie mondaine le contraste

de cloîtres religieux, au-dessus de la colonnade enflammée — pour la joie des cieux éclatants et de la terre éblouissante — les statues aux ailes d'or se dressaient vers les astres, dans une gloire de rédemption.

Mlle de Marbeuf admirait un couple attendant son équipage, elle gracieuse, lui beau garçon, tous deux paraissant s'adorer ; puis, elle arrêta son regard sur trois jeunes gens de la haute gomme qui sans doute discutaient une fine partie, et elle se sentit travaillée du désir de leur crier : « Un corps à vendre ! Une virginité ! Qui en veut ? Le plus offrant et dernier enchérisseur pourra s'enorgueillir à la fois et de ma nouveauté et de ma naissance ! Je suis Mlle Christiane de Marbeuf, nièce de Mme la duchesse de Torcy, fille légitime d'un gentilhomme français et d'une princesse étrangère de sang royal !... » Mais elle observa ces trois illustres types du crayon de Mars,

dans le *Journal Amusant* : ils se ressem-
blaient comme trois frères, avec le même
pardessus plus court que l'habit noir, la
même cravate de satin rouge, le même
visage blafard, le même monocle incrusté
dans le même œil, le même grand nez, les
mêmes moustaches et favoris jaunes, les
mêmes souliers pointus, la même bouche
suçant la même pomme argentée de la
même canne de jonc, enfin le même et
prodigieux ahurissement; — ils lui parurent
trop bêtes, et elle passa.

Depuis quelques minutes, elle rôdait sous
les arcades de la gare Saint-Lazare. Comment était-elle venue là, et pourquoi ? Elle
l'ignorait, car la fatigue, l'énervement, la
peur de la nuit, la faim, commençaient à la
priver de ses facultés. Deux agents l'observaient ; elle s'éloigna, et un homme qui sortait
d'une vespasienne marcha derrière les jupes.
Christiane redoubla de vitesse, mais, sur la

place du Havre, deux autres agents lui bar-
rèrent le passage; elle comprit qu'ils allaient
l'arrêter, la conduire en prison; elle tourna
les yeux vers l'homme toujours à ses trous-
ses, et la crainte de la police fit encore, cette
nuit-là, succomber la vertu.

Tremblante, la demoiselle s'appuyait au
bras du rôdeur, et tous deux gravissaient la
rue d'Amsterdam. Le gaillard, âgé d'une
trentaine d'années, avait l'air bon enfant
avec ses grosses moustaches brunes et ses
yeux ronds, et assez cossu, si l'on en jugeait
au chapeau à haute forme, aux bagues des
doigts et à la chaîne d'or barrant le gilet,
dans l'entre-bâillement d'un veston et d'une
pelisse de loutre.

Il demanda :

— Pourquoi me fuyais-tu ? Est-ce que
j'ai la tête d'un agent des mœurs, par hasard ?... Tu seras gentille, hein ?... Moi, je
suis très cochon, mais chouette pour les

femmes polissonnes!... Tu dois connaître
un hôtel, petite ?

Elle ne répondit pas.

L'individu renouvela sa question et ajouta:

— Il ne faut pas blaguer ! Où me mènes-
tu ? Je n'ai pas envie de me laisser estourbir
par ton Alphonse ! Voyons, où me mènes-
tu ?

Il ne s'apercevait plus qu'il la conduisait.

Bientôt, devant ce mutisme bizarre,
l'homme pensa qu'il avait affaire à une
sourde-muette, à une étrangère ou à une
novice, et, comme la fillette lui plaisait et
que tout le reste lui était bien égal, il s'arrêta
en face de la porte ouverte d'un hôtel meublé. Ils entrèrent. Un garçon, qui les précé
dait dans l'escalier, ouvrit une chambre,
alluma un bougeoir de la cheminée et se
retira, non sans avoir reçu de l'homme les
trois francs de la location et cinquante centimes de pourboire.

—J'étais occupé en bas, fit-il, et c'est
gentil d'avoir attendu le pauvre Alfred...
Faisons vite !

— Que voulez-vous ?

— Te dire un petit bonjour, ma chatte...
Un de plus ou de moins, n'est-ce pas?...
Le pauvre Alfred, ce sont ses petits profits,
car si l'on n'avait que les pourboires des
michets, il y a belle lurette que j'aurais f...
le camp !...

Il avançait; elle le repoussa avec tant de
violence que le pauvre Alfred s'en vint
rouler au fond de la chambre.

Le ciel commençait à s'obscurcir, et un
vent d'ouest charriait de gros nuages lorsque,
vers deux heures du matin, Mlle de Marbeuf
tomba épuisée sur un banc du boulevard
Rochechouart.

Tout à coup, une fille, tête nue, passa en
criant :

— Psstt'!... V'là les sergots !

Elle ne remuait pas. La fille reparut, et secouant la dormeuse :

— V'là les sergots !... Est-ce que tu tiens à coucher au poste, à voyager dans le panier à salade ? Elle est toute glacée !

— Je n'ai plus de force...

— Plus de force ! Il t'a roulée, il t'a cassé les reins, ton chameau ?

— Je suis seule, et voici la mort, les ténèbres ! Laissez-moi mourir...

— Je ne veux pas que tu meures, moi !... Elle me fait pitié !... La v'là qui s'affaisse... Ils vont la cueillir, les autres, allons !...

La femme siffla, et les deux agents inquiets rebroussèrent chemin :

— Ils sont braves, les agents !... Petite, il ne faut pas rester là... J'ai du feu dans ma chambre ; appuie-toi contre mon épaule, un peu de courage... Dieu, que ses mains sont froides !...

Christiane se traîna péniblement ; au bout

de quelques pas, elle n'en pouvait plus, s'arrêtait, râlait. Alors l'inconnue la saisit à bras-le-corps, et, sans plier sous le fardeau, elle l'emporta à travers les étages silencieux d'une maison de la rue Clignancourt. Ayant déposé la dormeuse sur le lit de sa pauvre chambre, dont le plafond touchait les toits, la femme courut chercher de l'eau, du vinaigre ; puis, aux lueurs d'une lampe fumante, elle s'agenouilla pour frictionner la demoiselle et ramener un peu de chaleur autour du visage pâle et des membres engourdis.

Celle qui secourait Christiane était une géante en caraco marron et en jupe noire, aux cheveux d'un blond filasse, à la large figure, au regard tour à tour effrayant et candide, à la poitrine étoffée, aux cuisses vigoureuses, au nez droit, aux sourcils épais, à la bouche encore jeune bien que plissée d'un rictus : on eût dit d'une char-

5

pente humaine taillée par un primitif dans
un amoncellement formidable et très frais
d'os, de chair, de muscles, de nerfs, de
poils, de sang, toutes choses livrées à dis-
crétion au laboratoire du créateur ; rien
n'avait été épargné lors de l'établissement
de la créature, et en la créature tout vivait
d'une vie puissante. Les souteneurs du
quartier la connaissaient et la redoutaient
sous son nom de guerre : La Cosaque ; elle
était Russe, fille de serfs, et se nommait
Marina Paskoff.

Pendant une battue aux loups, un gentilhomme anglais, invité aux chasses de la
Cour, distingua la grande fillette qui gardait ses moutons, aux bords d'un fleuve ;
il promit monts et merveilles, et l'enfant
déflorée le• lord séducteur remontait à
cheval, sans même offrir à sa victime le
savon que demandait à Tourguéneff, et
d'une manière si ingénue et si charmante,

la fille jolie du moulin. Après l'aventure,
Marina, obligée de quitter la ferme, allait de
steppe en steppe, grandissant démesurément. Un jour, elle fit la rencontre d'une
troupe de bohémiens, devint la maîtresse
du chef, traversa l'Allemagne, l'Italie, exhi-
bant, au prix de dix centimes, un superbe
mollet aux badauds des foires. Depuis quelques semaines, elle était à Paris : la baraque
en déconfiture, l'amant disparu, elle cherchait à se louer comme domestique ; mais
les bourgeois, effrayés de la femme-colosse,
la renvoyaient aussitôt ; elle se résignait,
pour ne pas mourir, à vivre de prostitution :
là encore, elle ne réussissait pas ; les noc-
tambules vicieux avaient peur de la géante.

La Cosaque examinait le sang qui tachait
les linges et les bas de la demoiselle, et, sans
rien savoir, elle devinait, à la délicatesse des
poignets, aux doigts fuselés, aux ongles
roses, à la façon des bottines, à la mise

décente, une personne d'un monde bien différent de celui des blanchisseuses et des
filles.

— Où suis-je ? Qui êtes-vous ? interrogea
Mlle de Marbeuf, en se dressant.

Toujours agenouillée, la Cosaque répondit :

— Mademoiselle, vous êtes chez une
femme qui vous respecte...

— Je me souviens... Je dormais... Je
sentais venir la mort...

— Vous voulez donc mourir, si jeune, si
belle ?

— Qui êtes-vous ?

— Votre servante.

Christiane la remerciait d'un triste sourire.

— Avez-vous faim, mademoiselle ?

— J'ai soif... Donnez-moi, je vous prie,
un verre d'eau ?

— Vous avez faim, je le vois !

— Comme vous êtes bonne, madame !

— Je vais vous servir ; je n'ai pas grand'chose, mais je l'offre de bon cœur !...

Et, reniée par la famille, insultée et salie par l'homme, chassée du temple de Dieu, Mlle Christiane de Marbeuf, les jambes défaillantes, le sexe meurtri, rencontra là. et seulement là, l'aumône d'un morceau de pain et la charité sainte d'un peu de respect, dans ce bouge, sous le tendre regard d'une prostituée.

IV

— Ah! les misérables! Ah! les cochons! grondait la Cosaque, le lendemain de ce jour, pendant que Mlle de Marbeuf achevait le récit de ses premières aventures.

Les deux femmes causaient auprès d'un poêle de fonte où cuisaient des pommes de terre. Christiane songeait : elle ne pouvait demeurer dans cette maison; du reste, la femme si bonne, si dévouée, encore plus respectueuse depuis que la noble demoiselle, n'ayant rien à cacher, lui avait appris son origine, le titre de sa mère, la Cosaque ne voulait pas donner à la fille de princesse, à l'enfant de sang royal, du sang royal de sa nation, — de la patrie lointaine qu'elle aimait toujours, et d'une ardeur de sauvage

— le spectacle de ses hontes nocturnes.

— Qu'allez-vous devenir, mademoiselle? Il n'y a donc plus dans votre famille, dans votre monde, une âme charitable?

— Je n'ai personne.

— Je vous dirais bien : « Restez! Marina Paskoff partagera son pain avec vous; elle saura diminuer sa taille pour ne plus effrayer les passants, sur le trottoir, au fond des ombres; elle calmera sa faim de géante! » Mais, par les Saintes-Images! la pourriture ici est trop pourriture! Mademoiselle, il faut chercher un emploi d'institutrice, de maîtresse de piano.

— Maîtresse de piano? Institutrice! Vous n'y songez pas, Marina! Et les renseignements? Et le certificat de bonnes mœurs? On chasserait la pestiférée.

— Vous voulez donc mourir?

M\ue de Marbeuf se leva frémissante :

— Non, je ne veux plus mourir!... Tout

à l'heure, vous disiez, un peu à l'écart, mais
je vous entendais : Si j'étais moins grande,
plus jeune et plus jolie, je ferais la noce, la
grande noce, et au lieu des vingt sous, des
dix sous, des cinq sous que les maçons et
les portefaix me marchandent, je gagnerais
de l'or!... Et si je gagnais de l'or, moi ?

— Vous ? Oh ! non !...

— Ne suis-je pas déjà souillée ?

— Pauvre demoiselle !

— Sans doute, je ne rencontrerai pas toujours le misérable de la gare Saint-Lazare...

— Un lâche encore, celui-là, un de ces
gros messieurs que la police respecte ! Moi,
je suis trop grande, trop solide, et devant la
géante, on s'éclipse ! Il ne se lèvera donc
jamais, au clair de lune, quelque gentille
vipère de femme pour en cajoler un, l'en-
tortiller, le piquer et le voir mourir, en nous
vengeant toutes !

Elle était effrayante, la Cosaque ; ses yeux

5.

rouges flambaient; ses mains aux ongles
courbés et durs, tenailles énormes, semblaient pénétrer au profond de l'individu, et
sa bouche écumait de désir, pareille à une
gueule de fauve, avant le carnage.

— Calmez-vous, Marina... J'ai besoin de
vos conseils, car me voilà décidée à vivre
joyeuse.

Mlle de Marbeuf avait dit cela froidement,
de propos délibéré. La Cosaque fit entendre
de douces paroles de révolte; elle croyait à
un retour de la famille : une fois marié, le
jeune duc reconnaîtrait ses fautes auprès de
la cousine; le capitaine reviendrait à ses
amours, on accuserait le cocher de chantage, et, en attendant, la duchesse ouvrirait
son cœur à la parente pauvre. Enfin, vain-
cue par les sollicitations pressantes de
Christiane, la rôdeuse des boulevards exté-
rieurs dit tout ce qu'elle savait des riches
prostituées, de leur commerce si peu diffé-

rent du sien qu'il faut en réduire la diffé-
rence à une simple question de quartier et
d'étage, les deux clientèles aussi ignobles
l'une que l'autre; elle parla des cabarets de
nuit où l'on rencontrait des gommeux, des
joueurs de baccara, des victimes de tripot,
un jour du mois, avec le sac, et les autres
jours, panés; elle cita tous les marchés de
femmes, le Cirque, l'Éden, les Folies-Bergère, surtout les Folies-Bergère, dont elle
arpenta le promenoir, ayant échoué dans sa
tentative d'engagement.

— La direction, conclut-elle, venait d'exhi-
ber un géant chinois de $2^m,45$, et sous la
toise j'atteignis à peine $2^m,15$; tant qu'il y
était, le bon Dieu aurait bien pu me donner
encore quelques pouces! On ne voulut pas
de moi sur les planches, et l'on me chassa
du promenoir, à cause des attroupements.
Une vraie déveine!... Mais il y a des gens
assez chics, là-bas...

— Tous les soirs ?

— Oui ; le meilleur moment, de dix à onze heures.

— J'irai, ce soir, aux Folies-Bergère ! affirma résolûment Christiane.

— Défiez-vous, au moins ! Vous connaissez le proverbe : « Tout ce qui reluit... »

— N'ayez pas peur !...

Pendant la journée, la Cosaque lava, repassa la collerette, les poignets de la demoiselle, et au moment de la séparation elle vint glisser trois pièces de vingt sous entre les mains de Christiane.

La jeune fille refusait, toute rouge. Marina insistait :

— Vous me rembourserez plus tard, mademoiselle. C'est bien peu, mais c'est assez pour l'entrée et une consommation, et maintenant, courage ! Laissez votre cœur à la porte, et marchez droit, les yeux cajoleurs, la tête haute !... Je viens de lire un succès

dans les cartes... Un jeune homme blond...
Mlle de Marbeuf tendit la main à sa bien-
faitrice :

— Merci, Marina Paskoff! Au revoir, ma
brave Cosaque!...

Vers les dix heures, Christiane entra aux
Folies-Bergère. Grâce aux indications de la
Cosaque, elle passa en habituée devant le
contrôle, et, poussant les portes à battants
silencieux, arriva dans le promenoir, à la
fin d'un entr'acte : les consommateurs du
jardin regagnaient les fauteuils d'orchestre
ou remontaient les escaliers des galeries su-
périeures; des filles interpellaient des hommes, les arrêtaient au passage ; on s'insultait, on riait, on se bousculait, et c'était une
cohue toujours grossissante d'habits noirs,
de redingotes, de vestons, de robes versicolores, de chapeaux à haute forme, de capotes
emplumées ou fleuries. Déjà, troublée par
la chaleur du gaz, l'odeur des cigares, les

essences de musc et de patchouli, les exhalaisons humaines, Mlle de Marbeuf s'en vint
attendre le lever du rideau contre une rampe
de velours rouge, auprès d'une loge déserte.

Une dondon en costume de satin jaune,
étincelante de bijoux, toute plâtrée, puant
le bouc, la frôla de son ventre vicieux :

— Allons, viens prendre une orangeade
avec moi, bébé ?

— Moi, madame ?

— Mais oui, toi.

— Non. Merci.

— Tu attends quelqu'un ?... Il n'y a que
des muffes !... Viens, ma chérie; je te paye
à souper; nous rigolerons !

La demoiselle rougit, haussa les épaules,
et la femme s'éloigna, en soupirant :

— Bégueule, va ! Ça aime mieux les la-
pins de la racaille !...

L'orchestre attaquait une valse, et jusqu'à
la fin du morceau Christiane, très entourée,

se sentit mal à l'aise; de nouvelles rougeurs
lui montaient aux joues et au front, et il lui
venait une grande envie de fuir. Mais elle .
se dégagea un peu, s'intéressant à la fois à
la salle et au spectacle. Parurent les frères
David's, célèbres pantomimes américains;
dos à dos, ils avançaient, l'un, très grand,
très sec, la barbiche rousse en pointe, coiffé
d'un tricorne, habillé d'un pantalon à car-
reaux et d'une lévite à la Robert-Macaire;
l'autre, tout petit, extraordinairement gras,
en redingote et gibus, le visage ceinturé
d'un collier noir. Face à face, ils se giflèrent,
s'assommèrent si bien que la foule éclata
en applaudissements : le tricorne recevait
des atouts et ne bronchait pas; le gibus
tombait sur son derrière explosible, se relevait, retombait avec un vacarme de coups
de canon. Le salut fraternel terminé, ils res-
tèrent, tête nue. Bientôt, le gros petit homme
esquissa des pirouettes horizontales, et bran-

dissant une hache, il en frappa le crâne du
copain, et la hache demeura là, fixée comme
en un madrier ; mais déjà, le grand diable,
les jambes flageolantes, les ailes de la lévite
déployées, s'élançait d'un seul bond, à travers une fenêtre, dans les hauteurs des
frises. Il redescendit, portant une massue et
un vilebrequin : on l'entendait tâter le ventre
de l'autre, le creuser, enfoncer un robinet,
tourner la clé, et l'on vit une chope s'emplir
de bière, une chope mousseuse que le gaillard vida, sous les bravos toujours plus
enthousiastes du public.

Les David's, impassibles, se tenaient
debout, à droite et à gauche de la scène,
éloignés l'un de l'autre, et peu à peu, celui-
ci prenait le visage, le costume, les allures
de celui-là, sans que rien autour d'eux
eût changé de place : le pot à tabac s'allongeait, le squelette raccourci épaississait
à vue d'œil ; au tricorne succédait un gibus ;

le gibus devenait un tricorne, et la métamorphose étrange se poursuivait du collier
noir à la barbiche rousse pointue, des
jambes grêles au bedon plein de bière.

Ayant rôdé autour de Christiane, deux
habits noirs, M. Marcel de La Bierge, attaché
au ministère des affaires étrangères, et le
baron Horace de Pomeyrol, gentilhomme
riche et dédaigneux des fonctions publiques,
l'un et l'autre indifférents à la pantomime,
vinrent s'asseoir sur une banquette : Marcel
avait vingt-trois ans ; de moyenne taille,
robuste et gracieux, les épaules larges, la
chevelure noire, courte et frisée, le visage
d'un rose pâle, d'un rose de demoiselle, avec
un nez mince et d'une vive arête, des dents
blanches, de fines moustaches et de grands
yeux bleus profonds, il était si véritablement
joli et frais que plus d'une courtisane l'eût
accepté, pour le plaisir ; le baron, qui touchait à la quarantaine, dépassait de la tête

son jeune camarade, et, un peu chauve, le
torse maigre, les longues moustaches et
l'impériale blondies au henné, la face ouverte d'un bon cœur, M. de Pomeyrol n'attirait pas les regards luxurieux ; mais il
s'en moquait, célibataire payant, animé
d'une forte dose de philosophie parisienne.

— Marcel, en dehors du mariage, les filles
sont toutes les mêmes, et quand j'en rencontre une passable, j'y vais carrément ; le
lendemain, je la regarde mieux : il lui manque
quelque chose, et, comme la femme de mes
rêves est parfaite, je passe à un autre exer-
cice. Le bon Dieu, en me créant laid, a voulu
sans doute m'épargner des attaques savantes,
imprévues, perfides ; toi, gentil garçon,
prends garde !... Alors, tu la trouves... ado-
rable ?

— Et toi, qu'en penses-tu ? Regarde : elle
se retourne...

Le baron mit son pince-nez.

— Pas mal!... La bouche un peu grande, chevelure...

— D'or fauve!

— Le type est curieux... L'œil franc ou... Hum!... En principe, j'aime mieux quelque chose de plus marqué...

— Elle me plaît ainsi.

— Un louis à l'arcade sourcilière — de gauche, et la blonde enfant ne sourcillera plus — à droite!

— Si j'en étais sûr!

— T'imagines-tu qu'elle est plantée devant nous pour la gloire?

— Elle n'a l'air ni d'une cocotte ni d'une fille de magasin.

— Quelque pensionnaire échappée des Oiseaux, du Sacré-Cœur, n'est-ce pas?

— Tu railles, vieux sceptique!

— Ma foi! depuis un moment, La Bierge a perdu la boule, et je ne reconnais plus mon diplomate.

— Il n'y a pas de diplomatie devant la beauté.

— Parole dangereuse dans la bouche d'un futur ambassadeur.

— Je voulais dire que la diplomatie est obligée...

— Tu te rattraperas un autre soir. Ecoute, Marcel : ton vieil Horace a promis à ta mère de veiller sur toi; il t'a empêché de faire des bêtises, quand tu étais étudiant...

— C'est vrai.

— Il n'est point un terrible mentor, et l'on peut en juger en nous voyant tous deux aux Folies-Bergère...

— Horace est mon meilleur ami...

— Eh bien ! Marcel, cette blonde à l'œil câlin te produit une impression trop vive, et j'ai peur...

— De quoi?

— D'un collage.

— Allons donc! Un collage, ici, un collage!

— Vrai? Tu es sérieux? Ce n'est que l'affaire...

— D'une nuit ou de cinq minutes, parbleu!

— En avant, mon cher! Un louis à l'arcade, la bouche en cœur! Je vous offre des consommations, tout ce que vous voudrez et je vais me coucher. Demain matin, tu te rendras au ministère, et elle emportera son corset plié dans un journal : tu me le promets?

— Je te le jure.

— As-tu de l'argent?

— Oui; merci.

Les David's terminaient leur pantomime. Armé d'un rasoir, l'homme au tricorne coupait les cheveux, le nez, les oreilles de l'homme au gibus; les cheveux, les oreilles, le nez repoussaient par enchantement; enfin,

le mutilé se montra intact, et, pendant que
des larbins tiraient sur les cordes des tra-
pèzes montant vers le dôme ennuagé de
vapeur, Marcel se rendit auprès de M¹¹ᵉ de
Marbeuf.

— Mais, va donc, puisque tu en veux ! On
te la soufflera ! insistait Pomeyrol.

— Je suis ému, et bête...

Il demanda, d'une voix sourde :

— Mademoiselle, voulez-vous me faire
l'honneur...

Elle lui prit le bras, et tous deux, suivant
la foule, pénétrèrent dans le jardin où Pomeyrol avait retenu une table, sous un mas-
sif d'arbres poussiéreux et près d'une grande
fontaine en tôle luisante.

— Mon meilleur ami, mademoiselle.

Christiane s'inclina.

— Je ne vous gênerai pas longtemps, mes
enfants, dit le baron en soulevant son chapeau. Que désirez-vous prendre, mademoi-

selle ?... La prérogative de l'âge... Voyons :
un sherry-gobler, une coupe de Champagne?

Christiane se décida pour un sherry-gobler,
et Horace et Marcel demandèrent des bocks.

La Bierge admirait sa conquète facile.

— Vous vous nommez?

— Christiane.

— Quel âge?

— Dix-sept ans.

— Parisienne?

— Oui, Monsieur.

— Un amant?

— Non.

— Pardon... Et c'est la première fois que
vous venez aux Folies-Bergère ?

La demoiselle inclina la tète.

— J'en étais sûr, fit Marcel en s'adres-
sant au baron.

Pomeyrol solda les consommations, et,
levant son verre :

— A votre santé, mes enfants, et bonne

nuit; je me sauve! Tu sais, Marcel, demain
matin... dix heures... quai d'Orsay... ta
promesse...

— Tu as ma parole... Vous ne buvez pas,
Christiane?

— Merci, monsieur; je n'ai plus soif.

— Appelez-moi Marcel, je vous prie.
Christiane, vous avez des yeux bien intelli-
gents...

Une marchande présentait des branches
de lilas et des bottes de roses à Christiane:
Marcel lui donna cinquante centimes et l'é-
loigna d'un geste, car il ne voulait pas que
la demoiselle touchât ces fleurs tant de
fois respirées et souillées.

Aux comptoirs de marbre, des filles trô-
naient, débouchant du champagne et plus
souvent des bières fermentées ou des limo-
nades gazeuses, et devant les jupes frétil-
lantes de gommeux dont les hautes glaces
réflétaient les singeries, le troupeau humain

défilait, passait, repassait : il y avait là, entre quelques figures naïves, un monde exercé de roublards, un monde étrange de petits employés en goguettes, de cabotins sans théâtre, de journalistes sans journal, de peintres sans palette, de professeurs sans école, d'officiers sans régiment, d'étudiants sans inscription, de croupiers sans tapis vert, de marchands de cartes transparentes, de sodomistes, de soupeuses, de raccrocheuses, de dames de maison, tout le vomissement nocturne de Paris. La femme en robe jaune qui avait abordé Christiane reparut, toute seule, mais La Bierge la fixait de son regard luisant ; elle n'osa pas renouveler ses tentatives, et même elle eut pour les amoureux un regard de tendresse et soupira d'une voix de rogomme :

— Deux jolies têtes sur un oreiller ; amusez-vous bien, mes petits cocos !

Christiane et Marcel se levèrent de table.

6

— Christiane, tenez-vous à voir les gymnastes?

— Non, je n'y tiens pas.

— Nous partons?

— Si vous voulez.

— Chez vous, ou chez moi?

— Chez vous, Marcel.

— Vous êtes libre toute la nuit?

— Toute la nuit.

— Oh! tant mieux! Couvrez-vous bien,
mignonne; il fait froid... Voici un foulard...
Autour de votre cou si blanc... Vous êtes
tremblante?...

— Et vous, d'une douceur!...

L'émotion causée à l'hôtel de Torcy par
la fuite de Mlle de Marbeuf ne donna lieu à
aucun incident. Tout d'abord, la duchesse
voulait informer le commissaire du quartier, écrire au préfet de police, demander
des recherches; mais elle se rendit bien vite

à l'opinion de son fils : une enquête, les faits
divers, les commentaires des journaux nui-
raient à leur considération. En somme,
Mme de Torcy n'était pas la tutrice de
Christiane, et, au point de vue strict de la
loi, elle restait exempte des responsabi-
lités de gardienne.

M. et Mme d'Hervilliers se réjouirent de
ce que Dieu leur épargnait une telle bru,
lorsque Gontran affirma au capitaine que la
parente indigne avait quitté l'hôtel pour
suivre son amant, le cocher Élias.

V

Deux jeunes amoureux sont le chef-
d'œuvre de la nature, et ce fut pour Christiane et Marcel une grande nuit : ils restaient
enlacés, pâles de la pâleur d'amour, les
yeux battus, elle, souriante contre la poitrine où s'épandait sa chevelure, et lui, tout
ravi du fardeau qu'il sentait s'animer et
dont il suivait les vibrations, en y prome-
nant sa caresse, le baume des meurtrissures
déjà oubliées; ils n'étaient plus, à force
d'être, et ils s'endormaient dans la double
chaleur de leurs membres voluptueux et
le double parfum de leurs lèvres fleuries de
baisers.

Le petit appartement de M. de La Bierge

6.

était situé au cinquième étage d'une maison
de la rue Bonaparte; les fenêtres de la
chambre, de la salle à manger et du cabinet
de travail ouvraient sur la cour, et l'installation disait bien le gentilhomme honorable,
élégant et laborieux, frivole à ses heures,
obligé de redorer son blason. Entre des
meubles d'avocat fraîchement inscrit au
tableau ou de médecin qui commence : lit,
armoire à glace, bibliothèque, chaises, table,
bureau-ministre, découpés aux scieries mé-
caniques du faubourg Saint-Antoine, on
voyait là des souvenirs précieux, un fauteuil
ancien, un bahut Renaissance, des portraits
miniature, des ouvrages de femme, tapisse-
ries, coussins brodés, ces choses qui rappel-
lent les morts, la famille lointaine, et donnent
la force d'accomplir les devoirs du présent,
au milieu même de la religion du passé.

Marcel n'était pas riche; sa mère, veuve
d'un sénateur du second empire, habitait

un vieux château près d'Angoulême : depuis
les ravages du phylloxéra, Mme de La Bierge
avait dû réduire un train déjà modeste, afin
de conserver la dot de ses filles et d'envoyer
à son fils une pension mensuelle de trois
cents francs. L'attaché au ministère des
affaires étrangères ne recevait encore aucun
traitement, et si le dossier affirmait que le
futur diplomate possédait personnellement
les six mille livres de rente exigées de nos
secrétaires d'ambassade, cette fiction ne
pouvait l'enrichir. La somme se trouvant
insuffisante pour un jeune homme déjà un
peu lancé, La Bierge contractait des dettes
quelquefois criardes ; il en eût fait bien davantage sans les amicales avances de son compatriote, le baron Horace de Pomeyrol :
celui-ci, qui gardait un excellent souvenir
du père de Marcel, entourait d'un respect
profond Mme de La Bierge, et, dès l'arrivée
à Paris de l'étudiant en droit, il s'était mon-

tré, — l'ami de Christiane se plaisait à le reconnaître,— non pas un mentor ennuyeux, mais un grand camarade, fidèle, très sûr.

Jusqu'à ce jour, La Bierge avait donné de telles preuves de sagesse, de scepticisme parisien, que le baron, viveur isolé, en répondait comme de lui-même : au quartier latin, l'étudiant recrutait des maîtresses variées, à Bullier, un peu partout ; jamais les liaisons ne durèrent plus d'une nuit ; là encore, dans sa vie mondaine semée de bonnes fortunes, les bourgeoises officielles s'éclipsaient à la façon des étudiantes, — une promenade en voiture, un souper, l'amour, des fleurs ou quelques louis, et bonsoir, madame ! Grâce à ce régime, le gentilhomme, licencié ès lettres, docteur en droit, égayant le travail des plaisirs nécessaires à une jeunesse ardente, pouvait espérer une bonne place au concours prochain des secrétaires d'ambassade.

Le baron s'enorgueillissait de son élève, du charmant compatriote qui l'intéressait de plus en plus, n'ayant rien autre à aimer au monde. Au moins trois fois la semaine, ils dînaient ensemble au restaurant; Pomeyrol régalait toujours. Cependant Marcel, cœur délicat, ne voulait pas abuser de la générosité du millionnaire, il cachait les embarras de sa situation, prenait du temps avec les créanciers, escomptait l'avenir, et seulement devant les exigences impérieuses, il hasardait une demande que l'autre accueillait la bourse ouverte.

— Bah! tu me rendras cela après un mariage brillant!... Est-ce que je ne serai pas assez honoré d'être reçu, un jour, par l'ambassadeur, à l'ambassade de France en Russie, en Angleterre ou en Autriche!... Tu sais, Marcel : la politique au diable vauvert! Il te faut une situation, et, du reste, on est si bête quand on ne fait rien; j'en

sais quelque chose ! Laisse dormir tes opinions : républicain en République, oscille
avec le mouvement; ils vont à gauche, suis-
les ! Ils vont à droite, ne les lâche pas ! Dès
que tu entendras le bâtiment craquer en
haut, un peu avant la chute finale, quelque
girouette te dira d'où vient la brise ! Oh ! ce
n'est pas très loyal ; mais, ventrebleu ! la
loyauté n'a rien à voir avec la politique
et la diplomatie : un ambassadeur doit
être Français, bon et malin Français, voilà
tout !

Il semblait donc armé contre les séduc-
tions amoureuses, le jeune ami de M. de
Pomeyrol, et malgré cela le vieux Parisien
avait quitté les Folies-Bergère : assez per-
plexe, et son inquiétude grandissait quand
il rentra dans son appartement du boulevard
Malesherbes, une garçonnière où des filles
venaient, luisaient, filaient, brillants mé-
téores.

La femme de ménage qui, tous les ma-
tins, réveillait M. de La Bierge avant de
faire l'appartement, frappait à la porte de la
chambre :

— Il est neuf heures, monsieur. ·

— Je ne sortirai pas ce matin, répondit
Marcel; je déjeune, nous déjeunons, pré-
parez-nous un menu assez distingué.

Encore désireux de dormir et d'aimer
entre les bras caressants, il interrogeait la
demoiselle, donnait des ordres; Christiane
lui rappela gentiment une promesse de la
veille :

— Vous avez juré à votre ami de vous
rendre au ministère. Souvenez-vous : demain
matin, quai d'Orsay, dix heures ?

— Serment d'amoureux, avant l'amour !

— Le baron de Pomeyrol...

— Pomeyrol est un blasé !... Oh ! le
meilleur de mes amis !

— Son insistance...

— ...eût été de mauvais goût, s'il vous
avait connue, Christiane.

— Je suis touchée de vos bontés, et cela
m'ennuierait de changer vos habitudes, en
vous occasionnant des désagréments.

— Vous ne voulez pas me perdre, m'entraîner dans la mauvaise voie ? continua-t-il,
railleur. Soyez sans crainte : pour une femme
qui est le mauvais génie d'un homme, il y a
toujours au moins deux misérables prêts à
nous venger. Est-ce vrai ?

— Je l'ignore.

Ils achevaient de déjeuner.

— Christiane, comme les peuples heureux, vous n'avez pas d'histoire ?

— Mon histoire est si banale !

— Heu ?...

— Qui peut vous faire supposer ?

— Tout ! les allures, les yeux, les mains,
le port de tête, l'esprit naturel, sans fard,
ainsi que le visage, et je ne parle ni de la

fraîcheur ni de la grâce de la demoiselle.
Une fille vous assomme, dès la rencontre,
de son odyssée toujours la même, et vous...

— Et moi?

— Vous n'êtes pas une fille, vous!

— Mais si!

— Mais non!

Mlle de Marbeuf comprenait qu'elle devait
se retirer, et, tout en aidant à mettre le
manteau, le jeune homme glissait, dans l'une
des petites mains, un billet de cent francs.

— Une autre fois, je serai plus riche...

— C'est beaucoup trop, monsieur, bal-
butia-t-elle, rouge de honte.

— Quand vous reverrai-je, Christiane?
votre adresse, je vous prie?

— Préférez-vous que je vous écrive, poste
restante?

Elle essuyait ses yeux.

— Dis, pourquoi pleures-tu?

Il s'ingéniait à trouver la cause des lar-

7

mes, se révoltait à l'idée d'un amant ou
d'une patronne; sans doute, Christiane avait
une mère ou une sœur, des parents qui la
chasseraient de leur maison :

— Tu crains des reproches de ta famille?

— Non.

— Alors... seule ?

— Seule.

Elle dit ce mot d'une voix si déchirante,
elle demeurait là, immobile, si épouvantée
de partir et en même temps si honteuse
de s'attarder, que, dans la détermination
du jeune homme, il entra autant de pitié
que d'amour :

— Christiane, vous êtes ici chez vous ; je
n'ai rien à savoir de vos infortunes : je vous
aime!

Pour l'installation de sa maîtresse, les
achats modestes et nécessaires de linge, de
chaussures et de robes, Marcel eut recours
au baron. En voyant se réaliser l'événement

funeste qu'il redoutait, M. de Pomeyrol n'affecta point des airs de prophète ; il se garda même de tout reproche inutile, avec l'espoir que la nomination du secrétaire d'ambassade viendrait bientôt dissoudre le ménage de la fille inconnue et du diplomate aventureux.

Trois semaines s'écoulèrent.

Mlle de Marbeuf avait revu la géante, et, désireuse de la remercier, en lui remboursant ses trois francs, elle lui offrit l'étoffe d'une robe, une vingtaine de mètres au moins.

— Êtes-vous heureuse, mademoiselle ?

— Oui et non. Je vous dirai cela bientôt.

Cependant Marcel entourait Christiane de toute sa tendresse. Le soir, ils dînaient au cabaret, puis se rendaient au théâtre ; parfois le baron se joignait à eux, et Pomeyrol, obligé de reconnaître l'excellente éducation, l'esprit, les grâces de la demoiselle, n'en

éprouvait que des craintes plus vives devant
l'avenir.

— Elle le suivra au bout du monde !
gémissait-il, et sa carrière est finie !

Christiane s'apercevait des dépenses
qu'elle occasionnait à l'amant. Les gros intérêts des usuriers absorbaient la pension
mensuelle, et l'amant vivait aux crochets
du baron, — elle en était sûre; d'un autre
côté, la maîtresse venait de surprendre, bien
malgré elle, une lettre où Mme de La Bierge
contait à son fils leur gêne de plus en plus
grande.

Alors, Mlle de Marbeuf hésita entre une
retraite immédiate et le désir d'apporter sa
part au ménage. Aimait-elle Marcel qui l'adorait ? On avait tari les sources pures de cette
jeunesse : la noble demoiselle, animée du
mépris social de tous ceux qu'une affreuse
injustice a jetés hors des rangs, s'était livrée
en fille, et elle aimait à la manière des vaga-

bondes. Comment, du reste, aurait-elle pu s'attacher à un homme dont le départ prochain la menaçait de nouvelles angoisses? Lui absent, elle devrait rouler dans les mauvais lieux, jusque sur le trottoir — ou se tuer. Eh bien! aujourd'hui, d'autres idées la tenaient debout et vibrante; elle rêvait d'un riche protecteur qui viendrait à leur aide, à l'insu du gentilhomme pauvre et qui n'abandonnerait jamais l'isolée. M. de Pomeyrol ne la recherchait pas, et elle n'eût point accepté un ami de La Bierge. Son futur protecteur, le type choisi, elle le connaissait de nom et de vue; elle l'observait, l'étudiait, avant de conclure.

Il se nommait Saturnin Clouard et habitait le principal appartement d'une maison voisine : c'était un ancien gros bonnet de la bâtisse, une façon de Crevel du mortier, un Crevel voluptueux, mais un Crevel bon enfant. Venu de La Souterraine en qualité

de simple maçon, Saturnin, ouvrier actif,
adroit, économe, avait épousé la fille d'un
modeste entrepreneur, et tout de suite, il
agrandit le cercle d'opérations du beau-
père : des quartiers entiers — ses œuvres —
lui appartenaient dans Paris; il préférait
son coin de la rue Bonaparte, le dernier
labeur, une « perle » au milieu des masures,
ainsi qu'il disait pompeusement. Sa femme,
impotente, ne sortait jamais; il venait de
marier ses deux fils, des architectes, et
il les recevait en famille, le dimanche
soir. Quand, par ces journées d'hiver, M. Saturnin Clouard longeait la rue, grand et
large, drapé d'une magnifique fourrure de
bison sur une ample redingote fleurie d'une
décoration violette, le chapeau à haute forme
sur l'oreille gauche, la canne à la main, sa
face rougeaude, plantée de favoris grisonnants, s'éclairait d'un immense orgueil; ses
yeux à fleur de tête clignotaient d'allégresse;

il étalait son ventre, écartait les jambes et
les bras, se faisait pesant, majestueux, et,
sous les hommages des fournisseurs, la rue
et les trottoirs semblaient marcher avec lui.
Cela était pour le quartier; mais, dès que
M. Clouard arrivait de l'autre côté de l'eau,
sa morgue fondait; à la première jupe, ses
narines enflaient; il devenait aimable, sou-
riant, et il n'en fallait jamais beaucoup pour
l'entraîner.

M. Clouard remarquait la jolie voisine,
sans oser l'aborder. Enfin, un jour, il la
suivit jusqu'à la place du Palais-Royal;
Christiane sortait pour des emplettes et
Marcel était au ministère. L'ancien entrepreneur, maçonné de lectures tardives, cherchait de belles phrases.

— Pardon, mademoiselle, dit-il, de sa
grosse voix qui blésait un peu, je suis votre
voisin, et vous me connaissez sans doute:
Môssieu Saturnin Clouard, officier d'aca-

démie, ex-entrepreneur-architecte, adminis-
trateur de la caisse d'épargne, vice-président
de la société de secours mutuels de notre
arrondissement, trésorier de la fanfare,
fondateur de plusieurs œuvres de bienfai-
sance...

Il n'en finissait pas avec ses titres, et
Christiane étouffait une violente envie de
rire.

— La glace est rompue, et je vous dirai,
mademoiselle, mon bonheur de vous adresser des éloges : vous êtes tout simplement
ravissante : il y a longtemps que ça me dé-
mangeait de « vous narrer la chose dont »,
et me voilà fort à l'aise !

— Très flattée, monsieur Clouard...

— Vous mettrez le comble à vos bontés
en m'accordant l'insigne honneur de vous
offrir quelque chose ?

— Mon Dieu, monsieur, je n'ai pas bien
soif.

— Oh ! fit-il en se rengorgeant, je pourrais vous adjuger, décerner un présent qui ne se boit, ni ne se mange, à l'état nature, et qui fait toujours plaisir aux jolies femmes : un collier, un bracelet, une rivière, une voiture même, un huit-ressorts !

— Monsieur...

— Mademoiselle, je me garderai d'imiter les malotrus qui essayent de conquérir les femmes avec des histoires mensongères contre les maris et les amants ; de plus, il serait ridicule à mon âge de me poser en rival de mon gracieux voisin, M. de La Bierge, et je me contente de signaler en passant les variations de température de tous les jeunes hommes : on s'adore, ce soir, et demain... vous entendez ? Une jolie femme doit songer à l'avenir. Vous avez devant vous un homme rassis, encore vert à la cinquantaine, muet comme une carpe, en matière amoureuse, fidèle à ses engagements d'amour comme à

7.

un cahier des charges; il ne s'illusionne
point sur les beautés que la marâtre a cru
devoir soumissionner en sa faveur; mais, le
soleil de votre regard l'ayant incendié d'une
flamme que rien ne saurait éteindre, il sollicite l'esclavage de vous aimer, de vous
adorer, en demeurant le plus dévoué des
amis et le plus respectueux des serviteurs.
Vous réfléchirez, mademoiselle, car je ne
veux pas vous retenir au delà de vos limites;
demain, après-demain, à votre heure, à vos
ordres, je serai là, sur l'emplacement embelli
et déjà sacré par votre présence.

Mlle de Marbeuf se dit qu'elle avait affaire
à un brave homme dont la phraséologie bizarre dénotait à la fois un certain bon sens,
une forte dose de naïveté, beaucoup d'orgueil, et elle accepta un rendez-vous. Clouard
ne se montrait pas exigeant : d'après ses
affirmations toujours éloquentes, le liberti-
nage ne devait jamais dépasser les frontières

des plaisirs honorables ; il ignorait les vices
contre nature, il était sain, propre de corps,
d'une rare vigueur, et la demoiselle n'eut
point trop à souffrir des galanteries du maçon. Bientôt, Saturnin loua et meubla, rue
de Rome, un appartement pour sa maîtresse
qui promettait de passer maîtresse en titre,
dès que M. de La Bierge s'en irait à l'é-
tranger. La garde du boudoir fut confiée
par Christiane à la Cosaque géante, aux
applaudissements de l'ancien entrepreneur tout émerveillé de cette bâtisse humaine.

Si Christiane refusait les cadeaux inutiles
et suspects dans sa situation, elle accueillait
volontiers les billets bleus. L'argent de
Clouard servait à solder les fournisseurs de
Marcel, à acquitter de vieilles factures. La
Bierge s'en aperçut, et Mlle de Marbeuf inventa un conte ; elle parla d'une tante millionnaire qu'elle ne pouvait encore nom-

mer et qui la secourait, en dehors de la famille.

— Tu m'as juré que tu étais seule ?

— Au moment de notre rencontre, c'était vrai ; l'autre jour, je me suis heurtée à cette parente, dans un magasin de nouveautés ; elle m'a reconnu, et...

— Je ne veux plus de tes aumônes !

— Ce ne sont pas des aumônes, mon petit Marcel... De simples avances ; je marque : tu me rembourseras plus tard.

— Désormais, on se contentera de mes trois cents francs mensuels, entends-tu ?

— Et les créanciers ?

— Ils attendront.

— Pomeyrol te prêtait bien, lui ; pourquoi ne pas accepter de ta maîtresse, de ta petite femme?

— Ce n'est pas la même chose. Le baron est un ami, il est riche.

— Et si j'étais riche, moi, est-ce que tu me chasserais ?

La première dispute s'apaisa, et Marcel finit par croire à l'aventure de la tante millionnaire.

VI

Étendu sur le sofa d'un riche cabinet
de désœuvrement, devant un bon feu, le
baron Horace de Pomeyrol fumait sa pipe,
les moustaches et l'impériale défaites, avec
autour de lui des revues françaises et étrangères, lettres et sciences, des journaux qu'il
venait de parcourir, après un déjeuner de
Parisien qui se rattrape le soir — deux œufs
à la coque, une côtelette, une « idée » de
fromage, un fruit, le menu arrosé d'une
bouteille d'excellent bordeaux — ensuite,
du café noir, un verre de vieille eau-de-vie.
Grâce à ce régime, Pomeyrol, ex-officier
de cavalerie, grand propriétaire de la Cha-
rente, n'était pas encore une chose morte,

mais il n'en valait guère mieux. En effet, depuis le ménage de l'ami La Bierge, le célibataire très réservé en son commerce, fuyant les présentations banales, éprouvait les tristesses de l'isolement et, pour les vaincre, il s'adonnait aux manies de l'antiquaille, rassemblait bois sculptés, fragments de pierres et de marbres, casques et cuirasses, épées ciselées, pièces d'orfèvrerie, vases égyptiens, monnaies, médailles, étoffes religieuses, débris d'autels et de chaires, têtes d'apôtres, tabatières, manuscrits, signatures célèbres ; la bibliomanie l'attirait surtout, et justement, la veille de ce jour, il rapportait de l'Hôtel des Ventes une édition précieuse et rare, au point de l'avoir trouvé « marchand » à deux mille francs.

— Voyons ça ! revoyons ça ! fit-il en ouvrant de ses mains respectueuses un livre aux feuilles jaunâtres, couvert d'une rude peau de tambour.

La première page contait les origines du volume, ses possesseurs alternatifs. Il y ayait là deux gravures à l'eau-forte, le portrait de Scarron et un dessin représentant une tour au sommet de laquelle la prêtresse agitait son flambeau ; en bas, au milieu des vagues, un corps de femme, et, vers la gauche, l'amour émergeant des flots, — marque authentique : *Alfons Fraxinetus. delin. F. poilly. S.* Au faux titre, on lisait, entre des signatures et l'écusson royal, et en caractères du temps :

LÉANDRE ET HÉRO
Ode BVRLESQVE DEDIEE A MONSEIGNEVR FOVCQVET,
PROCUREUR GENERAL, SUR-INTENDANT
DES FINANCES ET MINISTRE d'Estat.
PAR Mr SCARRON.
A PARIS chez ANTHOINE DE SOMMAVILLE,
AU PALAIS, SUR LE DEUXIESME PERRON
ALLANT A LA SAINCTE CHAPELLE,
A L'ESCU DE FRANCE.
M. DC. LVI.
AVEC PRIVILEGE DU ROY.

M. de Pomeyrol manquait de foi, riait de lui-même :

— Cent louis le Scarron! Mettre cent
louis sur soixante-huit pages de vilain papier dont deux mauvaises gravures, il vau-
drait peut-être mieux aller au café! Le bar-
num de l'Hôtel des Ventes roucoulait si bien :
« Messieurs, l'exemplaire est unique... au
monde! » Il citait des incendies de bibliothèque, des pillages de guerre, nous ensei-
gnait l'histoire par-dessus le marché, et moi,
comme je voyais des crânes chauves avec
des lunettes tremblantes, des doigts frémir
en se repassant le bouquin, je me suis rendu
adjudicataire, pour les embêter. Libraires
et amateurs notaient le prix d'adjudication,
et même quelques-uns ont demandé l'adresse
du Jean-foutiste victorieux!... Bibeloteur !
Numismate ! Bibliomane ! Autographo-
mane! Tout ce que l'on voudra, mais tim-
bre-postemane, oh! cela, je le devine, c'est
la terrible période, la dernière cartouche, le
suprême sanglot des misérables : on ne vous

dévalise plus ; il ne vous reste rien ! On vous attache, on vous garrotte, on vous bâillonne et l'on vous enferme à Sainte-Anne ! Là-bas, les timbre-postemanes rêvent des timbres-poste de Moïse, des Pharaons, de Romulus, de Jules César, du prêtre Jean, du grand Mogol, de la reine Pomaré, d'affranchissements postaux de toutes couleurs impuissants à les affranchir eux-mêmes !... Que le diable emporte ce sacré Marcel et son collage !...

Le valet de chambre annonçait :

— Monsieur Marcel de La Bierge.

Le jeune attaché au ministère des affaires étrangères se présenta, l'air guilleret, les mains tendues :

— Excuse-moi, mon cher Horace, l'amour nous rend égoïstes...

— Et Christiane, toujours bien portante, toujours jolie ?

— Toujours.

— Amoureux plus que des tourtereaux ?

— Au moins autant.

— A merveille !

— Christiane est sortie pour une course, et j'ai allongé mon voyage au quai d'Orsay, afin de te serrer la main et te remercier...

— De quoi ?

— De ceci !

La Bierge venait de remettre une liasse de billets de banque à son ami, et Pomeyrol ouvrait de grands yeux en travestissant une réclame célèbre :

— Tu as donc fait un héritage que tu portes... des sommes pareilles ? Où diable prends-tu l'argent ?

— Mystère ! Devine ?

— Tu joues ?

— Non.

— Suis-je bête ! Est-ce que l'on gagne au jeu, à moins d'être un voleur ! Tu empruntes ?

— Pas du tout.

— C'est le gros lot des Arts Décoratifs ?

— Moins quatre séries et une lettre.

— Je donne ma langue...

— Garde ta langue : je te rembourse avec l'argent de Christiane.

— Toi ?

— Moi-même.

— L'argent de ta maîtresse ?

— Sans doute !

— Christiane a hérité ?

— Ou à peu près; une tante riche s'intéresse à elle, à l'insu de sa famille archi-millionnaire...

— Fichtre !

— Christiane sait ma gêne très grande...

— J'étais là !

— Je n'osais plus et, devant les insistances de Christiane, j'ai cru pouvoir accepter des fonds que je restituerai, capital et intérêts... Tu me blâmes ?

— Oui.

-- Cependant...

— Marcel, aujourd'hui, un gentilhomme honorable a des maîtresses pour son plaisir et non pour ses affaires : cet argent, il faut le rendre à Christiane...

— Elle a payé des fournisseurs...

— Demande le compte, et je mettrai la somme à ta disposition.

— Ami, tu as raison, et je l'aimais moins depuis ses services !

— A la bonne heure! je te retrouve !...

— Et si elle refuse?

— Évite des explications inutiles; contente-toi de dire que ta mère t'envoie une surprise.

— Christiane est au courant de la situation de ma famille, et elle ne me croira pas.

— Impose tes volontés et viens me demander la somme nécessaire.

— Je ne voudrais pas te gêner.

— C'est-à-dire que tu m'obliges en me dis-

pensant d'acquérir des Scarron ou peut-
être même des timbres-poste!...

La maîtresse de La Bierge dut reprendre
l'argent destiné au baron, établir le relevé
des dettes payées par elle, à l'acquit du gentilhomme, et en recevoir le total.

Mlle de Marbeuf appréciait la délicatesse
de l'amant; elle se sentait travaillée du
désir de mettre un terme aux débauches,
d'avouer ses fautes, d'implorer son pardon,
et peut-être eût-elle agi de la sorte, si, à la
crainte d'une séparation fatale, ne s'était mêlé
un levain de haine — le mystère de ses défaillances. Bientôt, la comédie ravagea le personnage absorbé dans la vision d'un autre
rôle : Christiane aurait voulu que Marcel fût
nommé tout de suite à un poste de secrétaire
d'ambassade, afin qu'il l'abandonnât, de son
propre vouloir, et qu'il la gardât en sa pensée, exempte de toute souillure. Cela durait
trop; la double vie parut odieuse à Chris-

tiane : la maîtresse de l'énorme Saturnin se
faisait horreur, lasse des mensonges, alors
que le jeune amant ouvrait ses bras et qu'elle
mentait aux délicieuses étreintes, déjà énervée
par les jouissances grossières, toute salie par
la poussée du maçon.

M. de Pomeyrol semblait ajouter foi à
l'histoire de la tante riche; il réservait ses
observations, dans la crainte d'affliger le camarade amoureux; mais déjà Christiane lui
était un peu suspecte, et la demoiselle inconnue le devint tout à fait le jour où elle le pria
de se rendre à la maison, en l'absence de La
Bierge.

— Objet de la séance : « Communication
grave... » murmurait-il en déchiffrant un
télégramme bleu, « *grave* et *urgente*, c'est
souligné. Que désire de moi cette chevelure
blonde et perfide? Un conseil peut-être au
sujet des fonds refusés par Marcel? Si j'avise
La Bierge, si je demeure sourd, aveugle

plutôt, à ces pattes de mouche, en dehors de
l'impolitesse, il se produira une aventure fà-
cheuse. Il s'agissait de placements de fonds,
d'obligations de Panama, de Rio-Tinto, de
Mobilier espagnol, et ce grand imbécile
d'Horace a cru à un rendez-vous d'amour!
Hum!... Je ne risque rien : les femmes d'a-
mis sont sacrées pour moi, et malheureuse-
ment les autres ont les mêmes tendances!...»

— Mes hommages, mademoiselle.

— Baron, je vous remercie d'être venu, je
vous remercie de tout mon cœur.

— Oh! comme vos yeux sont rouges!
vous avez pleuré, ma petite Christiane?

— J'ai été souffrante, je vais mieux.

— Vous avez votre manteau, votre chapeau; vous sortiez? Je suis indiscret?

— Je vous attendais, monsieur; je ne serais
pas sortie avant d'avoir causé avec vous.
Asseyez-vous, je vous prie, et écoutez-moi.
Vous ne me connaissez guère, monsieur de

8

Pomeyrol, mais un vieux Parisien a des grâces de divination; que pensez-vous de la maîtresse de votre ami Marcel?

— Je la trouve jolie, malgré sa pâleur,
toujours aimable, intelligente...

— Flatteries de galant homme! La question a été posée de travers, et je la précise :
me croyez-vous capable de manquer à mes
devoirs de maîtresse presque... légitime?

— Mademoiselle, je ne suis point votre
confesseur; il est vrai que, si je l'étais, je
n'aurais pas grand mérite à deviner. Vous
me permettrez de répondre d'une manière
générale : Oui, je crois toutes les jeunes femmes susceptibles de se mal conduire à certains moments, et, philosophe éclectique,
j'admets les théories de toutes nos écoles, —
raisons spiritualistes venues d'un cerveau en
révolte, contrariétés, vengeances; chutes
physiologiques, hérédités fatales de névropa-
thes et de nymphomanes; en somme, vous

me voyez animé d'un grand souffle de pardon...

— Et vous avez tort, monsieur, car les femmes qui tombent le veulent bien, allez !

— Pas toujours, mademoiselle, et ce problème du libre arbitre...

— Baron, je n'entends rien à la philosophie, et je dois rabaisser la conversation à ma personne : je vais quitter Marcel.

— Allons donc !

— Aujourd'hui même.

— Vous vous êtes encore disputés ?

— Non, et Marcel ignore ma résolution définitive.

— Définitive ?

— Mes malles sont prêtes !... Monsieur, vous êtes le meilleur ami de La Bierge, un grand frère, une sorte de tuteur...

— Un peu large, vous l'avez vu aux Folies-Bergère, le soir de notre première rencontre ?

Il ne faut pas abandonner ce brave garçon,
qui vous aime tant !

— Des motifs sérieux...

— Contre lui?

— Contre moi ; je l'ai trompe.

— Tant pis !

— Pour de l'argent.

— L'aveu est cynique, mademoiselle, et
la faute plus grave.

— Moins grave, monsieur, et vous allez
le comprendre : La Bierge ne gagne rien au
ministère, et il ne pouvait vivre de la pension
de sa famille ; vous l'aidiez de votre bourse,
je le sais, mais il redoutait de vous importu-
ner encore ; il vous cachait nos tracas, nos
larmes, nos angoisses, les lettres du réveil,
les visites des créanciers, les protêts, les sai-
sies, et comme, moi présente et augmentant
les charges, il m'était cruel de le voir som-
brer, lui plein d'avenir, je me suis livrée.

— Vendue?

— Vendue, si vous voulez !

— C'est horrible..... et grand, mademoiselle !

—Le courage m'aurait manqué sans doute,
si j'avais eu l'espérance de demeurer toujours la maîtresse de Marcel : votre ami a
des devoirs, de nobles ambitions ; il ne
saura jamais la trahison de Christiane...
Aujourd'hui, le rôle m'écrase et je m'en
vais.

— Chez votre amant ?

— Oui.

— Vous l'aimez, cet homme ?

— Oh ! non !

— Et Marcel?

— Je l'adore !

— Singulière femme !

— J'avais écrit une lettre, en m'inspirant
de celle de Manon Lescaut à des Grieux.
Vous vous rappelez l'exorde : « Je te jure,
mon cher chevalier, que tu es l'idole de

8.

mon cœur, et qu'il n'y a que toi que je puisse aimer de la façon dont je t'aime; mais ne vois-tu pas, ma pauvre chère âme, que, dans l'état où nous sommes réduits, c'est une sotte vertu que la fidélité...?» Ce que je contais à M. de La Bierge ne valait point l'admirable épître. Du reste, vous le savez, les mœurs diffèrent. Au temps de des Grieux, un gentilhomme volait honorablement au jeu, et se faire entretenir par sa dame était chose admise à la cour et à la ville; de nos jours, les raisons de Mlle Lescaut ne m'excuseraient pas, et j'ai brûlé ma lettre. Mon cher baron, vous êtes en présence d'une étrange fille, dont l'histoire doit rester encore un mystère; vous direz à Marcel que ce n'est pas ma faute si des méchants ont glacé mon cœur et empoisonné mes veines; vous lui direz que je l'aimais, que je l'aimerai toujours, et que, si je reprends ma course eperdue, c'est que j'ai peur de lui faire du mal, car tout autour de moi souffle un vent de haine et de mort!

La voix entrecoupée de sanglots, Mlle de Marbeuf se dressa, le visage mouillé de larmes, si belle et si touchante dans l'explosion de sa colère et de sa douleur, que Pomeyrol s'inclinait, respectueux et attendri.

— Ne partez pas, mademoiselle, je vous en conjure? Il en perdra la tête; voyez, le vieux sceptique pleure...

— Monsieur de Pomeyrol, je suis très heureuse, très fière d'avoir rencontré des gentilshommes tels que vous et La Bierge; vos figures loyales chassaient des masques tourmenteurs, des visions de bourreaux... Mon heure est prochaine; je pars.

— Réfléchissez encore, Christiane?

— Adieu, baron, adieu! Pour Marcel, je rentre dans ma famille, vous entendez, auprès de la tante riche? Votre parole de ne pas me trahir?

— Encore une fois, je vous supplie?...

— Votre parole?

— Vous avez ma parole de gentilhomme, mademoiselle.

— Merci... Adieu! Embrassez-le bien fort!...

Le concierge avait descendu les malles, et, pendant que Mlle de Marbeuf s'éloignait, le baron Horace de Pomeyrol demeura là, bravement, pour attendre son malheureux ami.

VII

« Triste, a dit Byron, comme le serment
d'adieu des amants. » Mais combien plus
affreuse la douleur de celui dont le corps
n'est pas embrasé d'une dernière étreinte,
dont les lèvres ne sont pas mouillées du
dernier et savoureux baiser d'amour, et qui
rentre dans sa maison déserte, la joie au
front, ignorant le chemin de l'infidèle, et
d'un coup, l'âme en deuil, sans espérance,
l'oreille attentive à un froufrou menteur de
la robe envolée!

Après le départ de Mlle de Marbeuf, désireux d'éviter un témoin gênant, le baron
avait congédié la femme de ménage.

— J'attends, dit-il, votre maître qui dîne chez moi ; revenez demain matin.

Seul en ce logis, le confident de Christiane se laissait surprendre par les ombres du soir, lorsque La Bierge frappa de sa canne la porte d'entrée : le jeune homme s'annonçait parfois de la sorte, et, ce jour-là, il tambourinait plus gaiement et plus fort. Le baron vint ouvrir.

— Bonsoir, Horace? Quel bon vent t'amène? Tu nous restes à dîner, n'est-ce pas? On a éteint les lumières? Où donc est Christiane? Eh! les aimables farceurs, je devine! Parbleu! c'est une gageure! Christi se cache? Christi! Christi! je vais te trouver!... Baron, je te parie que je la trouve?

— Marcel!

La Bierge ne l'entendait point; il courait à travers l'appartement, du vestibule à la salle à manger, du cabinet de travail à la cuisine, à la chambre, riait, gesticulait, sautait, remuait les meubles, soulevait les rideaux, les portières :

— Je brûle! je brûle!

— Marcel, je t'en supplie!

— Christi, je brûle!

—· Assez, Marcel! Enfant, tu me fais du mal!

— Christi, je te tiens! Oh! la belle comédienne qui garde son sérieux et ne veut pas rire! Mais riez donc, mademoiselle! Vous voilà prise enfin, et je vous condamne à trois baisers!...

Il s'arrêta, devint grave; il croyait l'avoir saisie, et ce qu'il agitait entre ses mains était un peignoir oublié à une patère de la chambre, un peignoir tiède encore, tout à l'heure bouffant comme s'il eût revêtu les formes merveilleuses, et déjà glacé, long et plat, d'une longueur de robe morte et d'un aplatissement de loque.

Pomeyrol entraînait doucement La Bierge

dans le cabinet de travail où il avait allumé
un candélabre :

— Mon pauvre Marcel, je restais là afin
de t'épargner, d'amortir un choc doulou-
reux, et tu as augmenté ta peine d'un amu-
sement cruel...

— Qu'y a-t-il?

— Christiane est partie.

— Partie?

— Hélas!

— Elle me quitte, m'abandonne, sans un
adieu? Oh! non!...

— Christiane vient de trouver grâce auprès de sa famille, et c'est justement les
adieux si pénibles de la séparation qu'elle a
voulu éviter, en chargeant ton vieil ami de
l'excuser, d'affirmer qu'elle garde un impé-
rissable souvenir de ta tendresse, de ton
cœur, de vos amours; elle a pleuré; elle m'a
dit de t'embrasser, et je t'embrasse pour
elle et pour moi!

— Horace, je te remercie de cette nouvelle preuve d'affection, mais j'entends savoir ce que ma Christiane est devenue! S'il
le faut, je battrai le pavé, nuit et jour. Oh!
je ne crois plus à la tante riche. Pourquoi
Christiane cacherait-elle le nom de sa famille? Oui, je soupçonne un amant, et je
veux arracher ma maîtresse à l'homme qui
me l'a volée! Quel que soit le monsieur, je
le frappe au visage et me mets à sa disposition; il aura naturellement le choix des
armes : s'il demande le pistolet, trois balles
à vingt pas et au visé; s'il accepte l'épée,
rappelle-toi mon duel avec Blacas, alors que,
furieux, voyant rouge, sentant ma puissance,
je bondis sur l'adversaire; tu crias: « Halte! »
et tu fis bien, car j'allais éventrer Blacas
pour une simple plaisanterie de mauvais
goût. Si j'ai un duel à l'occasion de Christiane, le combat sera sérieux, et, au procès-
verbal réglant la rencontre, je te prierai

9

d'insister, conformément à ta méthode, à tes doctrines loyales, afin d'empêcher l'intervention des témoins, s'il y a corps à corps.

— Mon cher Marcel, je suis, en effet, de ceux qui réclament les corps à corps, en matière de duel à l'épée ou au sabre : deux adversaires n'arrivent jamais sur le terrain avec des chances égales; celui-ci, un tireur de premier ordre, un duelliste, se mesure contre un novice, et personne n'y trouve à redire; celui-là domine de toute la tête un courtaud; tel autre regarde de ses yeux de lynx un myope; un autre encore s'enorgueillit d'un tempérament nerveux, de membres souples et agiles, d'une constitution propre aux armes, en face d'un sanguin qui souffle l'emphysème ou d'un trapu gêné dans les entournures. Ces inégalités fatalement admises, il me semble injuste de priver un solide gaillard, un hercule même, des avantages de la force physique. Heureusement, nous n'en sommes pas là, et tu t'emballes! D'abord, tu accuses Christiane en dehors de toute raison, et puis, ta maîtresse n'est-elle pas libre de ses actes? Allons, Marcel, du courage !

La Bierge qui sanglotait se jeta entre les bras du grand frère. Mais, le lendemain et les jours suivants, malgré les exhortations contraires de Pomeyrol, il chercha la maîtresse infidèle, la chercha partout, sur les boulevards, au Bois, dans les théâtres, les cirques, les promenoirs galants, les cabarets nocturnes ; il demanda Christiane à tous les échos, et, seuls, les échos de sa douleur lui répondirent. Au ministère du quai d'Orsay, les jeunes collègues de Marcel ne comprenaient rien au changement d'humeur et d'allures du camarade : La Bierge, autrefois aimable, spirituel, bon garçon, devenait morose, acariâtre, s'emportait à la moindre plaisanterie, menaçait de tout briser, parlait de tuer quelqu'un, avec autour des amis des regards jaloux et haineux. Ce n'était pas seulement le moral qu'on voyait se modifier ; la tenue elle-même avait accompli sa curieuse métamorphose : au pantalon de couleur, à la jaquette élégante, à la cravate Lavallière du gentilhomme mondain, succédaient les vêtements noirs, la redingote bourgeoise, la cravate noire à nœud classique d'un employé de bureau, et il y avait à la fois du deuil et de l'humiliation en ce costume de sévères journées. Naguère, le soir, dès sept heures, il mettait l'habit ; il garda la redingote, errant le long des boulevards, stationnant aux vitrines, fuyant les rencontres amicales, s'enfermant bientôt dans sa chambre, y réchauffant ses angoisses et ses rancœurs, après avoir baisé les souvenirs de la vivante, ainsi que l'on fait des reliques d'une morte chérie.

Le baron de Pomeyrol se hasardait chez
La Bierge, forçait au besoin la consigne et il
entendait le pâle et maigre jeune homme
lui déclarer d'une voix déchirante :

— Je l'adorais ! Elle était la fête de ma
vie, et ma vie est perdue !

— Mon petit Marcel, je le vois, tu es
incapable de supporter la solitude ; prends
une autre maitresse !

— Jamais ! Christiane devait être ma
femme légitime.

— Cela n'est pas sérieux ?

— Très sérieux, Horace, et je me dispo-
sais à en parler à ma mère.

— Ta mère eût refusé son consente-
ment ?

— Je l'aurais tant suppliée !

— Est-ce que Christiane connaissait tes
projets ?

— Oui, et devant toi, elle a gardé le silence par délicatesse.

Soudain, La Bierge éclatait en imprécations, en cris de vengeance, et il fallait au baron toute son amitié pour veiller sur ce caractère ombrageux et farouche.

— Si je les rencontre, je les saigne tous deux !

— Et moi je te conseille de n'y plus penser, et de demander un congé en attendant ta nomination.

Elle arriva enfin cette nomination. M. de La Bierge fut appelé au poste de troisième secrétaire à l'ambassade de France à Saint-Pétersbourg.

— Je n'ai plus de goût à la diplomatie et j'ai envie de refuser, dit-il au baron.

— Monsieur le secrétaire d'ambassade, répondit Pomeyrol, je t'accompagne en Russie ; je viens d'arrêter un coupé-salon, train de luxe, à la gare du Nord, et, comme nous partons dans cinq jours, il te reste juste le temps d'aller embrasser ta famille. Ne l'oubliez pas, monsieur : L'exactitude,

cette politesse des rois (et surtout des créanciers) sera d'autant plus admirée en vous
qu'elle est plus rare chez vos chefs, nos
ambassadeurs des fleuves lointains qui s'at-
tardent au canotage et aux fritures de la
Seine ! A propos, nous emportons mon
Scarron, tu sais, Léandre et Héro, mon
Scarron de cent beaux louis d'or ? Hier, le
libraire du passage Jouffroy m'en a offert
cent sous, pas cent sols parisis, cent sous
de monnaie de cuivre, vingtième partie de la
livre, douze deniers ; il affirme qu'on récolte
des Scarron ; il pleut des Scarron à toutes
les ventes de bibliothèque, et mon volume
a sensiblement diminué de valeur en France;
on le cédera à un boyard ! On pourrait aussi
décoller plusieurs timbres-poste des anciens
régimes et les revendre à des prix fabuleux ?
Qu'en penses-tu ?

M. de Pomeyrol s'ingéniait à distraire
son ami La Bierge ; il imitait les pontifes

des ambassades, débitait de graves paroles, des discours solennels à des empereurs, faisait en peu de mots l'histoire contemporaine, le tableau de l'Europe actuelle, disait la Russie, l'ogre formidable et nouveau ; la France et les sous-vétérinaires comiques de la chambre ; l'Angleterre, duègne édentée, suçant l'Irlande ; l'Allemagne, couchée à plat ventre, telle qu'un soudard ivre, devant Bismarck ; l'Autriche, humble et servile, oubliant Sadowa ; l'Italie recevant, quelque part dans sa botte, la botte du chancelier de fer ; l'Espagne et ses duels de crinolines, la petite reine dégonflant la grosse Isabelle ; la Turquie abrutie et son sultan hystérique, — tout cela vibrait sur le ton d'une ironie hautaine et superbe, mais la verve du philosophe parisien était impuissante à désembrunir l'amant de Christiane.

Mlle de Marbeuf était définitivement ins-

tallée dans l'appartement de la rue de Rome
que M. Saturnin Clouard avait ordonné de
nettoyer, de restaurer, de remeubler, selon
les désirs de sa jeune maîtresse. Marina
Paskoff, la Cosaque géante, la servait toujours avec une fidélité digne d'éloges, et les
fournisseurs du quartier observaient :

— Elle refuse le sou du franc et exige la
pesée !

— En voilà une qui ferait le coup de
poing en l'honneur de sa dame et un coup
de poing mauvais à recevoir !

D'abord, on la jugea très bête, puis, on
se mit à l'aimer à cause de sa nationalité,
de sa franchise robuste ; on la respecta au
milieu de ce peuple de filles dépensières et
de bonnes rusées, pour son dédain extraordinaire des petits vols domestiques.

L'heure de la revanche n'était pas encore
venue, et cependant Christiane avait compris
qu'il fallait s'arracher à l'amour qui l'eût

9

paralysée au moment de l'action : elle
souffrit, elle pleura ; mais aujourd'hui, le
cœur dompté, idole d'un homme dont les
caresses la laissaient d'une froideur de statue,
elle vibrait de toute sa haine, de toutes les
colères jusqu'alors endormies ; elle rêvait
de vengeances terribles, dans l'espérance et
la joie du mal.

M. Clouard se montrait affectueux envers
sa maîtresse, la comblait de bijoux, de
billets bleus, de fleurs, de titres de rente, de
cadeaux de toutes sortes ; à sa passion se
mêlait un respect : la demoiselle, affirmait-
il, ne ressemblait point aux hétaïres de la
Babylone moderne, et elle avait un port
royal ! Ce cerveau de parvenu commençait
à enfanter quelque histoire extraordinaire,
un chapitre de roman d'aventures, une
merveilleuse légende ; on ne disait rien à
Clouard, et Clouard ne demandait rien. Le
vieil entrepreneur arrivait chez Christiane

le matin pour déjeuner, et plus souvent vers
le milieu du jour; il ne s'attardait jamais
au delà de six heures, et, lorsque la demoiselle, un peu étourdie par les phrases ron-
flantes et risibles du maçon, invoquait une
migraine, Saturnin ne se fâchait pas et s'en
venait à la cuisine terminer ses périodes
auprès de la géante.

— Cosaque ?

— Monsieur ?

— Tu me vois encore sous le charme,
animé d'un insigne orgueil : sais-tu bien que
Mlle Christiane a du sang d'impératrice
dans les veines ?

Marina Paskoff avait l'ordre de se taire,
au sujet de la famille de sa maîtresse :

— Madame vous a dit cela, monsieur ?
Je m'en étais toujours doutée.

— Non, ma fille. Madame a gardé le
silence plein de noblesse et le religieux
mystère qui conviennent à son origine;

mais je lis l'horoscope à travers les voiles. Par atavisme — tu entends : atavisme?

— Oui, monsieur : atavisme.

— Est-ce bien le mot qu'il faut employer:
atavisme? Ne serait-ce pas plutôt: application virtuelle? Tant pis! la phrase est plus
riche: Donc, par atavisme et application
virtuelle, Madame descend de Sémiramis,
reine de Sabba! Charlemagne, un empereur
de la décadence romaine, a dit : « La parole
est d'argent et le silence est d'or » et de là
je conclus que le duc de Bordeaux... Aïe!
La période m'a entraîné!...

Puis, il passait à la lecture des faits divers
des journaux qu'il commentait avec des
citations encore plus étonnantes empruntées
aux religions et aux philosophies.

En dehors de cette monomanie verbeuse,
Mlle de Marbeuf honorait en lui le meilleur
des hommes, un amant peu exigeant, et la

servante, un maître généreux. Il ne tutoyait
plus Christiane :

— Chère, vous ne sortez pas assez ?

— Mon ami, je n'aime point à sortir.

— L'hygiène, ainsi que disait un illustre
docteur... j'ai oublié son nom et la phrase ?

— Cela ne fait rien.

— Le célèbre médecin vous aurait suppliée en mon nom d'accepter une victoria ou
un landau, les deux en même temps : la
promenade au Bois vous est indispensable.

— Merci, mon cher Saturnin : un peu
plus tard...

— Vous êtes trop économe! Craignez-
vous donc de me ruiner? Je suis riche et
j'entends vous offrir un million d'or vierge,
le présent de Nourvady à la princesse de
Trébizonde...

— ... de Bagdad !

— ... de Trébizonde et de Bagdad !

A la belle saison, toujours docile aux

ordres de sa maîtresse, M. Clouard loua,
sur une plage lointaine, une villa modeste :
Là-bas, comme à Paris, les jours, les semaines s'effeuillaient pareils, quand, à sa
rentrée, un matin d'octobre, Mlle de Marbeuf
lut dans un journal en tête des échos mon-
dains :

« Le duc Gontran de Torcy et sa charmante femme, la fille du comte et de la
comtesse de Château-Renauld, sont de
retour à Paris. Les jeunes et brillants époux
reviennent des Indes où ils ont accompli
leur magnifique voyage de noces. »

— Enfin ! soupira-t-elle, joyeuse.

VIII

La cousine cherchait le cousin, et toute
sa psychologie était en éveil : à l'hôtel de
Torcy, la famille devait imaginer la parente
honteuse déjà morte ou cachée à l'étranger ;
— si Christiane sollicitait un rendez-vous,
le jeune duc redouterait les vengeances
banales, revolver, vitriol ; peut-être le mari
de Laure avait-il appris à aimer sa femme,
sous la lune de miel exotique ? peut-être
l'aimait-il toujours, bien que les beautés,
(à l'encontre des grands crus de Bordeaux),
gagnent rarement aux traversées lointaines ?
— si l'ennemie se hasardait à une première,
si elle paradait au Bois, elle aurait des
chances de rencontrer Gontran ; mais, si

Gontran était accompagné de sa mère, de Laure ou de Juliette et que l'une des femmes la reconnût, elle « claquait dans la course », ainsi que l'on dit, en langage de sport.

Mlle de Marbeuf ne pouvait rien espérer de sa seule confidente Marina Paskoff que sa stature phénoménale rendait impropre à toute mission discrète, et elle comprenait la nécessité d'éléments nouveaux pour attirer la proie et le besoin de s'aguerrir pour la terrasser. Que savait-elle de la joie parisienne et des vices enchanteurs, la noble fille, déflorée, martyrisée par un goujat, puis souriante aux tendres amours, et bientôt refroidie entre les mains mortiéreuses d'un ancien maçon?

Au-dessous de l'appartement de Christiane, vivaient ensemble, en un luxueux rez-de-chaussée, deux horizontales : Mlle Sapin et Mlle Tapeau. Plusieurs fois, M. Clouard avait manifesté le désir de donner congé,

à cause des voisines, de ces poussières
de femmes qui, jurait-il, devraient « in
pulverem revert-et-brisque » ; mais le voi-
sinage était indifférent à Christiane.

Jamais la maîtresse de M. Clouard n'a-
dressait une parole, ni un salut aux horizontales. Certain jour, elle sonnait à leur
porte, et ce fut Tapeau, une blonde boulotte, vêtue d'un peignoir rose, ébouriffée,
le nez au vent, la bouche vermeille et
gourmande, qui vint ouvrir: derrière son
amie se tenait Sapin, grande, brune, aux
lèvres minces, avec de beaux yeux brillants
d'or, la figure alanguie, la croupe noncha-
lante en un péplum de velours cerise.

— Pardon, mesdemoiselles, j'ai perdu
mon petit chat, et il me semble qu'il est
entré chez vous, comme vous ouvriez la
porte au monsieur qui descend ?

Les femmes ont parfois, dans la double
entente du langage, des obscénités qu'un

cerveau d'homme ne peut engendrer, et il
suffit de rappeler Mme de Sévïgné narrant à
sa fille un accident érotique dont souffrit
beaucoup la Brinvilliers : le bâton féminin
comparé au poison de Mithridate est le dernier mot du genre.

Christiane répétait :

— J'ai perdu mon petit chat...

Elle soulignait la phrase d'un sourire
de polissonne qui attend la réplique, et il
n'en fallut pas davantage pour allumer les
filles : on échangea des allusions grivoises,
et tandis que le chat de Mlle de Marbeuf re-
grimpait l'escalier, Sapin et Tapeau rigo-
laient encore avec la voisine. A la grande
stupéfaction de Marina Paskoff, une liaison
s'établit entre sa maîtresse et les horizontales.

Sapin et Tapeau tenaient, le soir, cha-
cune un bar aux Folies-Bergère, « une
barre » selon le calembour de la concierge,

et toute la journée, elles recevaient de petits
amis, à heures fixes, des vieux et des jeunes.
Dans l'intervalle des séances, elles montaient dire un bonjour à la dame du premier qui souvent les invitait à goûter, après
le départ de M. Saturnin. D'abord, elles
avaient cru à une noceuse timide, à une
lesbienne ; la dame n'était ni ceci, ni cela ;
elles la soupçonnaient de mouchardise, prêtes à rompre, mais Christiane leur rendit
des services d'argent, et toutes les suspicions
s'évanouirent. Les trois jeunes femmes causaient librement, et l'on en vint à conter
les histoires intimes. Celle de Tapeau n'offrait rien d'original. Parisienne des Buttes-
Montmartre, fille de blanchisseuse, la boulotte s'abandonnait, les jours de linge, aux
clients de sa mère, lâchait le métier, suivait
un type à casquette de soie, raccrochait, se
faisait enfermer à Saint-Lazare, évitait
Lourcine ; enfin, elle s'estimait aujourd'hui

contente de son sort. Avec la grande brune,
la légende avait plus de relief : Sapini, dite
Sapin, était de Venise ; là-bas, âgée de dix
ans, elle vendait des allumettes pour le
compte d'une mégère, lorsque sa matrone
la conduisit auprès d'un riche seigneur, non
dans un palais, mais au fond d'une gondole,
sur la couche fleurie de roses d'une cabine à
parois de cristal que des rameurs menaient
en chantant, par les grands canaux. Lassé
des voluptés sous-marines, le gentilhomme
promena la petite Italienne à travers les
cimetières : le vent berceur des sycomores,
la vision des feux follets, le croassement
des corbeaux, les exhalaisons des cadavres
du Campo Santo napolitain ranimaient ses
sens ; les galeries de Gênes, tous ces hommes
de pierre, ces femmes et ces enfants de marbre, toutes ces statues de vivants, au milieu
des sépulcres, lui donnaient des vertiges,
des spasmes, des jouissances. Le funèbre

monsieur et la fillette guettaient le départ
des gardiens, se dissimulaient derrière les
colonnes ; ils stationnaient, un soir, à la
fraîcheur des ombres, devant le magnifique
tombeau des Pallavicini, la chambre de
marbre blanc où l'on voit debout contre le
lit du mort, la jeune veuve, la belle vivante,
la patricienne en robe de blanches dentelles
et aux doigts fuselés, qui soulève un coin
du drap et regarde, attentive, le visage de
l'époux endormi ; ce fut là, au centre du
monument que le satyrisiaque accomplit
son dernier forfait ; la petite avait disparu ;
l'homme heurta de la tête le tombeau et se
tua.

De sa terrible enfance, la Sapin gardait
une horreur profonde ; le reste de sa vie ne
présentait aucun intérêt, des équipées galantes à Milan, à Turin, à Rome, à Vienne, à
Buda-Pesth, à Berlin, à Londres, et finale-
ment l'existence à deux, à Paris, le ménage

lesbien, meubles, dettes, bourse, amours,
tout cela en commun, sans trop de jalousies
et de querelles.

Après avoir frissonné au récit de l'Italienne, Mlle de Marbeuf inventa une histoire,
afin d'inspirer toute confiance aux visiteuses:
institutrice dans un château de province,
un gentilhomme l'avait séduite, puis aban-
donnée ; elle oubliait le séducteur, aimait
son gros et primitif amant, ce M. Clouard
dont les habitantes du rez-de-chaussée en-
tendaient craquer les larges et lourdes
bottes.

— Tiens ! fit un jour, Sapin qui lisait le
Figaro, encore des nouvelles de Torcy !
Torcy marié, retour des Indes !

Christiane pâlissait : elle domina son
émotion, et d'un air indifférent :

— Qu'est-ce Torcy ?

— Comment ! cria Tapeau, vous ne
connaissez pas le petit duc de Torcy ?

— Pas du tout !

— Ah ! reprit Sapin, avant son mariage, il faisait une rude noce ! Nous l'avons levé à une première du Nouveau-Cirque, du temps où nous habitions un entresol, rue de Constantinople, sous les noms gracieux de Blanche et de Marie. Tapeau était Blanche...

— Elle l'est encore ! dit la boulotte.

On sourit au jeu de mots, et Sapin continua :

— Le petit duc Gontran, nous irons le dénicher un de ces soirs, au Cirque d'Hiver ou au Nouveau-Cirque...

— Un monsieur marié ? intervint M{{}}^{lle} de Marbeuf ; gare à Madame !

— Ce qu'il doit l'avoir lâchée ! firent ensemble les coureuses.

Christiane avait peur de se trahir, et, dès que les voisines eurent donné des notes galantes sur le personnage, elle laissa mar-

cher la causerie à la débandade. Sapin et
Tapeau se montraient fort au courant de la
vie parisienne : chaque matin, elles se réga-
laient des échos du *Gil-Blas* où le Diable
boiteux conte joyeusement les aventures extraordinaires de l'intrépide Vide-Bouteilles,
du Vieux-Carafon, du Crack-Winner, de
Couche-en-Joue, de Pourri-de-Chic, de la
Croix-Ramillies ; cela les ennuyait beaucoup
toutes deux de ne jamais être citées parmi
les horizontales de marque ; mais Christiane
les consola en leur promettant de les faire
figurer dans un roman qu'elle voulait écrire.

— Un roman de femmes ? interrogeait
Tapeau enthousiasmée.

— Non, une étude sur les hommes.

— Tous des c... ! V'là le roman ! déclara
Sapin.

— J'aurais besoin de documents, mesdemoiselles ; moi, je suis provinciale et novice.

— Oh! oh!

— Eh! eh!

— Très novice, je vous l'assure.

Expertes en toutes sortes d'horreurs, les filles luttèrent de réalités et de mensonges, au sujet de leurs exploits amoureux, et Sapin compléta l'éducation de Mlle de Marbeuf en lui prêtant d'ignobles volumes illustrés de gravures obscènes et en lui montrant des objets de luxure.

La demoiselle réprima un haut-le-cœur, des envies de vomir, lorsque l'Italienne, en l'absence de sa compagne, l'entoura de ses bras et la surprit d'un violent baiser aux lèvres. Christiane se dégagea de l'étreinte.

— Alors, vous ne m'aimez pas ? gémissait Sapin; si vous voulez, je quitterai Tapeau ?

— Écoutez, mademoiselle Sapin ; je désirais entendre la théorie, mais la pratique n'est pas mon affaire.

10

— Vous avez bien tort, car les hommes sont des...

— Chut !...

Craignant que les horizontales si désireuses, elles aussi, de revoir leur amoureux de passage, ne vinssent à la précéder sur le chemin du petit duc, Mlle de Marbeuf se dégagea des terribles leçons, et décida M. Saturnin à l'accompagner, ce même soir, au Nouveau-Cirque. Elle aurait pu s'y rendre seule ; mais la cousine désirait apparaître au bras de l'amant, afin que M. de Torcy n'eût aucune défiance, aucun soupçon d'une rencontre préméditée.

Pour la famille, M. Clouard venait d'invoquer le prétexte d'une réunion solennelle des gloires de la bâtisse, et, cravaté de blanc, il avait endossé l'habit sous sa fourrure princière ; ses gants le fatiguaient, il les replia, les allongea et s'en fit un éventail ; Christiane gantée de noir à la mousquetaire, por-

tait un ravissant costume de satin gris et
un chapeau Rembrandt qui, incliné vers la
droite, faisait encore mieux ressortir l'autre
côté de la chevelure, la flambante et orgueil-
leuse touffe dorée.

— Que Vénuxe me préserve de trouver
ici mes chers fistons! soupira M. Clouard
en poussant les portes du Cirque.

Assis dans une loge, avec tout autour
d'eux un monde peu différent de celui que
Christiane observait, l'an passé, aux Folies-
Bergère, ils regardaient sans grande attention le spectacle, l'un et l'autre absorbés
par des idées diverses : l'ancien maçon redoutant la présence de ses fils, la demoiselle énervée de ne pas voir surgir le cousin.
Entre les exercices des écuyers et des ama-
zones, défilèrent des gymnastes, des acro-
bates, des clowns dresseurs de chevaux, de
chiens, d'ânes, et puis au-dessus de la piste
couverte d'eau, on installa une fête nau-

tique : une fanfare de pompiers saluait de ses cuivres un maire et son conseil municipal en barque pavoisée ; des nageuses piquaient des têtes ; un gendarme buvait un coup, des gommeux agaçaient les servantes d'une auberge, leur pinçaient les mollets, recevaient des gifles.

— Christiane ?

— Mon ami ?

— Combien le cintre a-t-il de hauteur ?

— Saturnin, vous m'en demandez trop.

— Moi, je mesure de l'œil. Voyons ça : trois, quatre, huit, douze...

Elle ne l'écoutait plus, car à l'entrée des écuries, M. Gontran de Torcy en habit noir, se tenait debout, au milieu d'un groupe de jeunes hommes.

A l'entr'acte, Mlle de Marbeuf se leva précipitamment :

— Allons faire un tour aux écuries !

— Vous ne redoutez pas le parfum du crottin ?

— J'aime tant les chevaux !

— Alors pourquoi refuser l'attelage dit primo-carte carreau que je serais si heureux de vous offrir ?

— Je l'accepte.

— Merci.

Bras dessus, bras dessous, ils suivirent le flot des promeneurs, et Clouard, oublieux de ses enfants, ne voyant que sa belle à conduire et à protéger, s'élevait de toute sa taille, s'enflait de tout son ventre, s'élargissait de toute sa carrure, majestueux comme un monument en marche, avec des regards terribles, à droite et à gauche, contre des gommeux qui frétillaient, roucoulaient, le narguaient, en suçant la pomme de leurs cannes.

On ricanait ; il s'arrêta, ferma les poings:

— Ce que je vais te les envoyer dinguer deux par deux !

10.

Personne ne rit, et ils passèrent.

Devant Christiane, le jeune duc frisson-
nait ; il quitta ses camarades, observa le
couple, tout prêt à s'éloigner à la moindre
alerte ; mais, malgré lui, obéissant aux
forces irrésistibles de la passion, il se rap-
prochait : l'homme était calme, et la cousine se donnait des airs d'horizontale. A
un moment, Mlle de Marbeuf tourna ses
beaux yeux vers le rôdeur ; elle semblait
l'apercevoir pour la première fois et elle
devint rouge, baissa la tête, la releva, esquis-
sant des gestes d'abattement, de résignation
et de honte, puis des sourires de regrets et
d'espérance, comme si elle eût dit : « Mon
cousin, j'ai eu bien tort de fuir votre amour ;
je ne vous en veux plus de la vie que vous
m'avez faite ; je suis avec ce gros et vilain
monsieur, à défaut d'un gentil garçon tel
que vous, et si vous m'aimez encore ?... » La
risette épanouie sans amertume s'envola des

lèvres et un clignement d'œil s'expliqua de
la sorte pour le petit duc : « Attention !...
Pas ce soir !... mon amant est jaloux et féroce !... » Puis, ce fut une légère oscillation
des épaules, un simulacre de retraite : « Nous
partons ; suivez-nous prudemment, et vous
saurez l'adresse de votre cousine. » Une
parole assez haute : « Rentrons, mon ami,
j'aime à me lever matin. » Les doigts écartés :
« On me trouve de dix heures à midi. » Les
mains en passe, le long du corps : « Ma
personne est évanouie, je n'ai plus de nom. »
Une seule main sur la tête : « Vous me dési-
gnerez à la concierge, par la couleur de
mes cheveux. » Enfin, un rire final et bien
joyeux : « Gontran, j'étais folle ; je vous
aime ; voyons, n'ayez plus peur !... »

Deux voitures filaient dans la même direction, et, lorsque M. Clouard et Christiane
s'arrêtèrent rue de Rome, l'autre voiture
s'éloigna rapidement, mais non sans que le

voyageur ait pu lire le numéro de l'immeuble où sa belle cousine l'attendait.

M. Clouard se retira, et aussitôt Mlle de
Marbeuf chargea la géante de ses instruc-
tions pour la concierge : un jeune monsieur
à monocle viendrait la demander, ce monsieur ignorait son nom d'emprunt « Madame
Saturnin » ; il s'informerait sans doute de
« Mlle Christiane » ou de « Mlle de Marbeuf » ;
peut-être, indiquerait-il seulement la dame
du premier par la forme de son visage, ou
la nuance de sa chevelure, ou l'aspect de son
chapeau Rembrandt, ou la couleur grise de
l'un de ses costumes ; dans tous les cas, ce
visiteur étranger, elle désirait le recevoir.

IX

Certes, M. de Torcy n'avait pas deviné tous les mystères des aimables sourires, ni toutes les intentions des gestes gracieux de la promeneuse du Nouveau-Cirque ; mais il connaissait l'adressse de Christiane, la maison de la rue de Rome, et cela lui suffisait. Dès le lendemain matin, vers les dix heures, il se présenta chez la concierge à laquelle il sut arracher beaucoup de paroles, avec le forceps moral du louis d'or.

— Dangereuse, elle? méchante ? oh ! non, monsieur ! Au contraire, la douceur même, une brebis du bon Dieu, madame Saturnin!

— La dame blonde s'appelle madame Saturnin ?

— Le bail a été fait à ce nom, et ce nom
est le prénom...

— Oui, je sais de M. Clouard ; vous l'avez
déjà dit en commençant.

— Un ancien entrepreneur, un bien brave
homme tout de même !

— Il y a d'autres amants ?

— Ici ? non ; et à moins que madame, au
dehors...

— Je reviendrai dans la journée.

— Monsieur ferait mieux de monter tout
de suite.

— A cette heure matinale, incorrecte, on
ne me recevrait pas ?

— C'est que, à partir de midi, M.
Clouard...

— Alors, je me décide.

— Au premier, la porte du milieu : la
géante vous ouvrira.

— Une géante ?

— La bonne de madame.

Le gentilhomme gravissait l'escalier, et, malgré les protestations de la concierge, malgré le souvenir de Christiane et de ses amoureuses œillades, il tremblait à l'idée d'une vengeance, d'une ruse de femme, car il ne pouvait admettre que sa victime eût oublié, dans l'espace d'une année, tant de lâchetés et de scélératesses.

Mlle de Marbeuf terminait sa toilette, quand la Cosaque vint lui annoncer la visite de M. de Torcy ; elle jeta un dernier coup d'œil à la glace, puis, très élégante en un péplum de velours noir, exhalant le suave et naturel parfum d'une chair jeune et fraîche, elle entra au salon. Le cousin balbutiait des mots de repentir, des phrases de remords et de politesse banale ; Christiane le mit à son aise, en affectant des allures dégagées :

— Gontran, je ne m'attendais guère à vous rencontrer hier soir au Cirque ?

— J'en ai été ravi! Alors, Christiane,
c'est bien vrai, vous ne me haïssez pas?
Vous ne m'en voulez plus?

— Les longues rancunes, mon cher, demeurent ignorées des gens heureux, et je
suis heureuse! Ah! je l'avoue, d'abord, je
n'étais pas flattée; je vous en ai voulu pour
la petite histoire, et moins à cause de la
rupture d'un mariage indifférent que de
l'endroit — les écuries — et de l'ignoble
brute — le cocher Élias — où vous me ra-
valiez! Entre nous, vous auriez pu mieux
choisir?

— Un mariage indifférent? dites-vous;
mais vous adoriez le capitaine Jacques!

— Monsieur d'Hervilliers vous disait
cela? Oh! tous les hommes, même les ca-
pitaines de dragons, sont bien les mêmes :
une révérence de jeune fille devient une
courbette, un sourire aimable une provoca-
tion.

— Cependant, la nuit où...

— ... Vous m'avez relancée dans ma chambre? Cette nuit-là, je rentrais du bal, nerveuse, agacée ; j'inventais n'importe quoi avec le seul désir de vous obliger à quitter la place, car votre mère et votre sœur pouvaient nous entendre. Comment vont ces dames ?

— Très bien ; merci.

— Et votre femme, la charmante Laure, toujours en bonne santé, toujours gentille ?

— Toujours ! Nous revenons des Indes.

— Ah !

— Les journaux ont annoncé notre retour.

— Je lis si peu ! Vous avez dû faire un beau voyage ?

— Pénible aussi.

— On ne le dirait pas : rien de changé dans votre physionomie, ni le sourire moqueur, ni les fines moustaches en croc, ni le monocle rivé à l'œil gauche...

11

— Vous raillez, Christiane ! J'ai souffert,
je souffre...

— Vraiment ?

— Ce voyage lointain était impuissant à
vous éloigner de mon esprit. Est-ce que je
pouvais vous oublier ? Est-ce que vous n'ab-
sorbez pas toute ma pensée ?... Mais vous,
Christiane, qu'êtes-vous devenue après l'histoire du cocher Élias... après mon crime ?

— Moi, j'ai eu de la chance !

— Ah ! tant mieux !

Elle pensait à la terrible aventure de
l'hôtel meublé de la rue d'Amsterdam, au
noctambule qui l'avait salie et volée :

— Vous n'imagineriez pas le personnage
de nuit, l'amoureux initial que je rencontrai
gare Saint-Lazare ?

— Un membre du Volney ou des Mirli-
tons ?

— Mieux que ça.

— De l'Impérial ?

— Mieux que ça.

— Du Jockey ?

— Probablement ; mais, caractérisez ?

— Un lord ?

— Mieux que ça.

— Un boyard ?

— Mieux que ça.

— Un prince du sang ?

— Mieux que ça.

— Un roi ? un empereur ?

— Peut-être ! Dans tous les cas, un gentilhomme d'une rare élégance, tout ce qu'il y a de délicat, de v'lan, de pschutt' et de bécarre !

— Et ce monarque s'est enorgueilli de votre nouveauté ?

— Adorablement.

— Heureux homme !

— Eh bien ! malgré sa magnificence, je le lâchai pour M. Clouard, parce que le monarque était un étranger-météore, et qu'aux

étoiles filantes je préfère des astres moins
brillants et plus fixes.

— Très pratique.

— Les premiers jours, je regrettai le monde,
la vertu, le vocabulaire des conventions
sociales, et puis, je compris très bien que
Christiane, avec sa nature sauvage, eût été
une mauvaise vicomtesse d'Hervilliers ; la
vie de province, le pot-au-feu des garnisons,
les visites classiques, les femmes de fonc-
tionnaires, la musique du dimanche sur le
cours ou le mail, brrr!... Tôt ou tard,
j'aurais divorcé...

— Ou trompé ce brave Jacques ?

— C'est encore possible ! Aujourd'hui, je
suis heureuse et libre...

— Sous un nom de guerre : madame Saturnin ?

— Quel sobriquet ridicule, n'est-ce pas ?

— Alors, vous avez un amant, et vous
faites la noce ?

Elle regarda son cousin, haussa légère-
ment les épaules et répondit de la manière
la plus naturelle :

— Il faut bien faire quelque chose.

— Vous recevez quelques amoureux de
passage, le supplément traditionnel?

— Jamais.

— La noce...

— La noce à deux, mon cher ; la noce
avec Saturnin, une somptueuse et fidèle
« saturninale », car, aujourd'hui, la fidélité,
c'est le mot d'ordre de la haute galanterie;
l'autre genre, le mauvais, est bon pour les
vicieuses de qualité inférieure que l'on arrose
de la menue monnaie de plusieurs bourses
plates, par exemple les dames du rez-de-
chaussée, des amies à vous.

— Des amies à moi?

— Sapin et Tapeau ; jadis, Marie et
Blanche.

— Vous connaissez Tapeau et Sapin,
ces ordures?

— Elles habitent la maison.

— Le rez-de-chaussée?

— Mais oui ! Avez-vous le désir de les
visiter, de les embrasser? Que je ne vous
retienne pas, au moins?

— Vous êtes bien dure!

— Je ne fréquente guère chez ces demoiselles qui prétendent à gagner leur vie d'une
façon trop multiple, — au détail ; nos relations de passage vinrent de ce qu'un jour,
sur le palier, j'entendis les voisines pro-
noncer votre nom ; bientôt, on causa entre
intimes, et l'on parla de vous, de votre
brillante jeunesse et de vos équipées rue de
Constantinople. Autant qu'il me souvienne,
Mlle Sapin et son amie ont gardé de leur
amoureux un certain goût de retour, et si
elles vous pincent dans l'escalier...

— Bah ! elles n'oseraient plus !

— Oh ! que vous savez bien que si !

— Christiane, permettez-moi de vous ramener au début de notre conversation. Vous avez oublié tout le mal...

— Tout !

— Et vous avez compris que, seule, la jalousie me faisait agir ?

— Parbleu !

— Donc, vous m'aimerez enfin ?

— Pour cela, non : Laure n'a jamais été méchante à mon égard, et la tromper ce ne serait pas joli ; de plus, j'ai un millionnaire.

— Je le suis quatre fois, millionnaire, moi !

Quatre fois millionnaire ! Gontran de Torcy ne mentait pas, et au souvenir du morceau de pain et des bouts d'étoffe que les riches parents lui marchandaient, Mlle de Marbeuf se mordit les lèvres pour ne pas cracher au visage du petit duc.

— Christiane, je t'adore toujours !

Il lui saisit les mains.

— Un baiser ?

— Sur le front.

— Tes lèvres ?

— Alors, non !

Elle reçut le baiser fraternel, et s'inclinant avec une révérence gracieuse :

— Excusez-moi de vous congédier, mon ami ; j'attends M. Saturnin.

— Vous m'autorisez à vous revoir ?

— A quoi bon !

— Si vous me refusez, Christiane, j'en jure Dieu, je me tuerai !

— Mais, Gontran, je ne veux pas votre mort ; voyons : vous ne pouvez revenir ici, à cause de M. Clouard et des demoiselles d'en bas ; écrivez-moi poste restante, et donnez-moi un rendez-vous ? Je répondrai...

— A mon club, si vous le voulez bien ?

— Entendu ! Au revoir, Gontran !

— A bientôt, ma Christiane adorée !

Dès qu'il fut parti, Mlle de Marbeuf éclata de rire, et essuya le baiser du cousin ; elle dansait de joie à travers l'appartement.

— Marina Paskoff ! Hé, la Cosaque !

— Madame ?

— Ta maîtresse est heureuse ! Le petit cousin lui a tourné la tête !

— Madame aimait donc ce monsieur ?

— Si je l'aimais ! si je l'aime ! Oh ! oui, va ! Je cachais mon dépit, ma rage d'amour !..

— Pauvre M. Clouard !

La lettre de rendez-vous ne se fit pas attendre, et après quelques promenades au Bois, dans un landau fermé, et quelques soupers en cabinet particulier, la cousine s'abandonna au cousin ; elle s'abandonna voluptueusement, non point d'un coup, à la façon des filles vulgaires, mais « piano », « crescendo », « amoroso », en réservant

11.

un coin mystérieux, une caresse, une vibration, une note plus tendre ou plus passionnée de la gamme des sens.

Naturellement, le père Clouard ne voyait rien de louche ; il trouvait sa maîtresse toujours charmante, arrivait à ses heures ordinaires, s'éloignait comme autrefois aux moindres caprices. La mort pouvait le surprendre : il entendit mettre la demoiselle à l'abri du besoin, et, sans priver ses enfants, prélever sur sa grosse fortune le denier d'amour, une centaine de mille francs, que Christiane, déjà comblée par le nouvel amoureux, accepta pour ne pas désobliger le brave homme.

Bientôt, il fallut rompre. Le cousin l'exigeait. Alors, Mlle de Marbeuf embrassa le vieux Clouard, et de tout son cœur, atténuant les regrets de la séparation, invoquant l'appel de la famille lointaine, simulant même le départ du voyage, avant de s'ins-

taller en un magnifique hôtel des Champs-
Élysées où la fleur du mal enfin épanouie
allait resplendir dans tout l'éclat des luxures
triomphantes.

X

Un paradis des amours, que cet hôtel des Champs-Élysées ! Le jeune duc tenait l'immeuble d'un prince étranger ; il l'avait payé comptant, au nom de sa maîtresse, et aussitôt des ouvriers, des artistes s'étaient mis à l'œuvre pour restaurer les salons et les appartements.

Élégante et somptueuse, la villa disait l'esprit de son créateur, l'un de ces rois de bohème dont les merveilles de tous les mondes ont charmé les yeux : quatre petites tours à créneaux dominaient la toiture, plate-forme orientale ; des balcons de pierres ajourées s'étageaient le long des fenêtres, de l'entablement de granit au portique de

marbre rose, — et par les belles journées
du printemps qui commençait, au delà des
pelouses verdoyantes, des pièces d'eau cas-
cadeuses, des massifs versicolores, la jolie
maison semblait sourire de la joie des jar-
dins en fleurs.

Bien qu'elle ne reçût personne, Mlle de
Marbeuf occupait un nombreux domestique.
Sous la surveillance amicale de la géante
Marina Paskoff, cuisiniers, cochers, femmes
de chambre, valets de pied, jardiniers et
palefreniers vivaient là grassement ; des
chevaux de race piaffaient dans les écuries ;
les remises abritaient de luxueuses voitures,
coupés, victorias, landaus, charrettes an-
glaises, et c'étaient, entre des factures
incroyables de modistes et de grands cou-
turiers, des trocs de maquignons, une avalanche de bibelots, peintures de maîtres,
marbres et bronzes. M. de Torcy ne faisait
aucune observation ; il donnait l'argent à

pleines mains, tout entier aux chaudes voluptés de sa cousine.   ·

La chambre à coucher de Christiane avait
son caractère ; elle était bleu et or, tendue
d'étoffes précieuses, avec un lit Renaissance
très bas, très large, des sièges profonds,
des peaux de lion et de tigre jetées sur
des tapis de Smyrne, des psychés, des glaces
vénitiennes, un traîneau capitonné à bascule,
un hamac de soie rouge, des élégances
de princesse au milieu d'un déballage
d'aventurière et de fantaisies d'horizontale.
Une chambre était réservée à monsieur,
mais monsieur n'en usait pas ; il s'amusait
chez sa maîtresse jusqu'à deux, trois heures
du matin, et un coupé le reconduisait à
l'hôtel de la rue Saint-Dominique, où il
habitait encore.

En effet, dès leur retour des Indes, sur la
demande impérative de la duchesse, M. et
Mme de Torcy s'étaient résignés à la vieille

et sombre maison. Rien de changé : la duchesse Valérie et sa fille Juliette ne pronon-
çaient jamais le nom de l'absente, et si, par
aventure, quelque visiteuse s'informait de
Mlle de Marbeuf, les dames baissaient la
tête, comme s'il eût été question d'une ga-
lérienne. Pour elles, Christiane, vivante ou
morte, demeurait morte, et morte dans le
péché, avec une flamme de pourriture, dans
l'éternelle damnation ; l'an passé, un soir
du mois de Marie, à genoux devant la
Vierge de leur chapelle intime, la grande
Vierge enguirlandée de mousses et de roses,
aux lueurs des flambeaux, sous un ouragan
d'ardentes prières, la mère et la fille avaient
brûlé Christiane en effigie ; les dévotes
avaient brûlé un portrait d'album et de plus
les hardes odieuses de la sacrilège, ses robes,
ses bottines, ses bas, ses chemises, ses pantalons blancs brodés, un corset, des collerettes, un chapeau, des floques de couleur,

des gants; elles avaient brûlé toutes les
choses souillées au contact de l'impure,
ainsi que cela se pratiquait naguère pour
les images et les vêtements des suppôts du
démon rebelles à l'exorcisme.

Laure, mignonne et douce créature aban-
donnée par le mari, commençait à devenir
la proie d'une belle-mère féroce et d'une
belle-sœur envieuse, après avoir été, en
lointain pays, le jouet d'un homme volage :
la duchesse lui reprochait de ne pas savoir
retenir Gontran au foyer; Juliette gémissait
des dentelles, des bijoux et des velours de
la jeune dame. Quant au petit duc, il entrait
saluer sa femme, avant le déjeuner de famille, déjeunait à la hâte, écoutait les débor-
dements d'affection de celle qui portait en
son être le fruit de leurs chairs, et filait
ensuite à cheval ou en voiture vers les
Champs-Élysées.

De plus en plus aigrie, ne voyant ve-

nir aucun amoureux, pleine d'épouvante
à la pensée de vieillir fille, de coiffer peut-
être la sinistre Sainte, Juliette cherchait à
sa belle-sœur d'invraisemblables querelles,
à tel point que, dans l'énervement des veni-
meuses piqûres, Laure fondait en larmes et
s'écriait, les mains jointes sur son gros
ventre :

— Juliette ! Juliette ! Je porte un fardeau,
et vous me tournez le sang ; je m'en irai
auprès de ma mère attendre la délivrance ;
je ne veux pas être votre martyre, votre
souffre-douleur, comme la pauvre Christiane !

— Vous osez parler de ce monstre !...
Madame, il est des souvenirs et des noms
qui salissent !

Certain soir, Gontran arriva chez sa maîtresse, en se frottant les mains.

— Ma femme, dit-il, s'en est allée faire
ses couches dans sa famille, et désormais,

chérie, je resterai auprès de toi la nuit, toutes les nuits.

— Quel bonheur ! Mais ta mère ? Juliette ?

— Leurs appartements sont éloignés du mien, tu le sais ; ma femme seule me gênait, car, seule, elle m'entendait rentrer ; au matin, j'invoquais le club, une réunion d'amis, des conférences nocturnes et politiques, une conspiration royaliste...

— Et cela mordait ?

— Laure est si naïve !

— Juliette l'est moins.

— Oh ! oui ! Ma chère sœur a des curiosités malsaines, des envies d'hypocrite vicieuse ; le plaisir des autres lui donne des nausées, les privations la ravagent ; elle ferait une drôle de tête si elle apprenait que nous couchons ensemble ! A dater d'aujourd'hui, je rentrerai quand il me plaira, et à la moindre observation...

— De la prudence, Gontran !

— Ne suis-je pas mon maître ?

— Sans doute ! Cependant Mme de Torcy a toujours la bourse ?

— Une partie de la bourse ; j'ai exigé des comptes et mon notaire a versé un million au Crédit Lyonnais.

— Alors, je pourrai t'adresser encore une demande d'argent ?

— Tout ce que tu voudras, ma belle.

— M. Clouard...

— Ne parlons plus de ce vilain personnage !

— M. Clouard s'est conduit comme un muffe...

— A la bonne heure !

— Et j'ai des dettes.

— Je les payerai.

— Jusqu'à ce jour, un sentiment de délicatesse m'a empêchée de t'avouer la situation : ce gros avare de Saturnin mentait

en affirmant qu'il soldait les notes, et me
voilà menacée par les créanciers ; mais
puisque tu es en fonds...

— Combien te faut-il ?

— Je n'ose... Oh ! c'est trop !

— Me prends-tu pour un ancien maçon ?
Dis vite ?

— Tu ne te fàcheras pas ? Quatre-vingt,
cent mille peut-être... C'est affreux ! L'i-
gnoble Clouard m'invitait à commander ;
on vivait en princes ; les fournisseurs se
reposaient sur la grande fortune du misérable, et le misérable n'a payé ni mes
bijoux, ni mes costumes, ni même la rivière de diamant que j'ai choisie dans un
magasin de la rue de la Paix.

— Un joli goujat, ton monsieur !

— J'en suis honteuse, mon ami.

— L'adresse des fournisseurs ? j'enverrai
payer.

— Je tiendrais à m'acquitter moi-même.

— Je vais signer un chèque de cent mille francs, n'est-ce pas ?

— Cent mille francs suffiront à éteindre le passif... Hier, j'admirais un collier de topazes...

— Cent vingt mille...

— Tu es charmant ! Laisse-moi t'embrasser !...

Leurs lèvres s'unirent voluptueusement, et le petit duc tout enflammé déclara :

— Christiane, plus la famille te déteste, plus je t'adore !

— On me hait donc toujours ?

— Veux-tu un exemple de la bêtise de ma mère et de ma sœur ?

Il raconta le sacrifice religieux des dames, l'incinération du portrait, des robes et du linge ; Mlle de Marbeuf se tordait de rire, mais, au fond d'elle-même, tremblait de rage : en somme, la tante et la cousine avaient toutes les raisons de croire à la

culpabilité de la parente, et la haine de la
victime grandissait surtout contre le narra-
teur, seul instrument des folies dévotieuses.
Dès qu'elle reçut l'argent du cousin, Christiane l'envoya, sous le voile de l'anonyme, à
de bonnes œuvres, à l'Hospitalité de nuit, à la
Bouchée de pain; elle continuait ses demandes et ses distributions, assurait l'avenir
de la géante et des autres serviteurs, se réjouissait du gaspillage de la maison, renou-
velait le mobilier, les voitures, achetait des
bibelots, œuvres d'art, jouait à la Bourse,
s'enferrait au Pari mutuel, exagérait ses
pertes d'un côté et de l'autre, heureuse de
voir que le cousin, pour parer aux différences et combler la brèche de plus en plus
forte, se mettait, lui aussi, à jouer follement.
Ruiner cet homme, l'avilir, le mener jusqu'à
la police correctionnelle, l'épuiser des sens
et de l'esprit, en faire un vieillard avant
l'heure, un être abject, une chose innommée,

telles étaient les idées multiples et non con-
tradictoires de la vengeresse. Pour atteindre
le but, rien ne lui coûtait : sous le souffle
des revanches, elle injuriait M. Clouard, un
ami, un brave homme; elle chassait de
son cœur M. de La Bierge, l'amant adoré,
afin de traverser, libre et vaillante, l'ignoble
chemin et de gravir le Golgotha de l'autre,
sa montagne bénie à elle, où des rêves
infernaux la plantaient joyeuse, dans la lumière, au-dessus du carnage, des deuils, du
sang.

La ruine tardait; le jeune gentilhomme
était lent à s'étioler, et la victime avait peur
de défaillir avant son bourreau. Le poi-
gnarder? Lui brûler la cervelle? Christiane
y songeait et se disait : on pare un coup de
poignard, un pistolet peut rater; si les armes
portent à fond, c'est la mort soudaine,
sans agonie. Le poison? D'abord, il est difficile de se procurer des poisons violents,

de la strychnine par exemple, et puis : ou
bien la substance abat le sujet en un clin
d'œil et l'être ne souffre pas, ou bien la matière devient inoffensive, grâce à un an-
tidote. Poignard, revolver et poisons furent
écartés. Christiane, cette nuit-là, regardait
l'amoureux dormir, aux faibles clartés
d'une veilleuse en lazulite cerclée d'or ;
elle se dressa pour l'étrangler, l'étouffer,
mais, craignant de ne pas être assez robuste, elle ralluma les bougies d'un candélabre, toute frissonnante du désir de promener les flammes autour du visage, sur
les yeux maudits et la bouche menteuse.
Elle élevait le flambeau, l'approchait de la
tête, lorsque ces pensées lui vinrent : Il crie
au secours ! j'ai à peine le temps de l'aveu-
gler, de brûler ses narines, ses moustaches ;
on le soigne, il guérit, et le voilà vivant
encore, avec un nez d'argent ou un masque
de riche ! Je vais mettre le feu aux rideaux,

12

courir éveiller mes domestiques en fermant
les portes, et il grillera là tout seul! Oh!
non, il mourrait trop vite, il ne rôtirait pas
longtemps, éternellement, ainsi que les
damnés!

Il s'éveillait.

— Pourquoi ces lumières, ma Christiane?

— Pour mieux t'admirer, mon Gontran!
En ton sommeil, tu étais si joli, tu es toujours si beau! Viens entre mes bras! Je
veux... tu sais, je n'osais pas?... Éteignons
tout! Je veux... Oui, dans le mystère des
ombres, je veux te dire quelque chose...

. . . .

Christiane surmonta les répugnances, les
dégoûts, toutes les horreurs, et le lendemain,
pour raviver sa haine, pour se refaire du
courage, elle interpella ainsi la géante:

— Marina, te souvient-il de la demoiselle,
que tu secourais, sous la bise glacée? Elle

était bien pâle, dis? Ses jambes saignaient?...
Conte-moi cette histoire?

— Maîtresse, vous vous rendez malade?

— Raconte?

— A quoi bon vous faire de la peine?

— Je crains d'avoir oublié; allons, j'é-
coute?

Mlle de Marbeuf toute de blanc vêtue,
s'agenouilla devant le crucifix; derrière sa
maîtresse, la Cosaque se tenait debout, en
robe noire de service, les yeux pleins de
larmes, évoquant la terrible nuit; elle disait
la malheureuse tremblant de froid, la malheureuse mourant de faim, la malheureuse
meurtrie en son sexe et marquant la route
du sang qu'elle perdait, — et c'était comme
le récitatif du Chemin de Croix, le Stabat
de la Vierge des douleurs où, brusquement,
gémirent et grondèrent des plaintes effroyables, lugubres, le *dies iræ* des vengeances et
de la mort.

XI

Le capitaine vicomte d'Hervilliers, l'ancien amoureux de Christiane, était aujourd'hui le fiancé de Juliette, et le mariage,
tant de fois rêvé par la duchesse, allait
s'accomplir. Il y avait eu des résistances du
côté de Jacques. Aux premières tentatives
de sa mère, le brillant officier de dragons,
le gentilhomme riche et de tournure sédui-
sante, opposa un refus respectueux et for-
mel, jurant de mourir garçon plutôt que
d'épouser cette fille vilaine; la comtesse
triompha de son fils, avec des paroles habiles
et affectueuses : dans leur monde, on ne
choisissait point une femme, ainsi que l'on
prend une maîtresse, pour ses beaux yeux;

12.

il fallait donc sacrifier la gloriole au bonheur,
l'orgueil et le plaisir d'un visage aux qua-
lités du cœur et de l'esprit. Du reste, si
Juliette ne possédait pas les avantages phy-
siques, l'insolente et coupable beauté de
Mlle de Marbeuf, elle rachetait ses légères
imperfections, sous des dehors pleins de
noblesse, de grandeur modeste. Et comme
les litanies maternelles faisaient fleurir le
bouquet des vertus et que le comte et toute
la famille exaltaient l'honneur de l'alliance,
le gentilhomme dut se résigner à porter un
regard vers les sourires de Juliette et à tendre une oreille vers les flatteries de la duchesse.

Gontran, lui, se désintéressait de l'aventure. Jusqu'à ce jour, il avait évité d'en
faire part à sa maîtresse, redoutant une
scène fâcheuse, le réveil des anciennes
amours. Cependant, le mariage était proche ;
Christiane pouvait connaître la nouvelle

par un journal, et le petit duc estima qu'il
valait mieux prévenir la cousine.

Le ciel était bleu, la température douce
et chaude, et une brise soufflait sur Paris,
mettait la ville en fête, rajeunissait la terre.
Gibus gris, complet olive moulant ses formes, sous un pardessus noisette et très court,
M. de Torcy, le monocle à l'œil, le cigare
aux dents, les guides en mains, s'en allait
en voiture découverte à l'hôtel des Champs-
Élysées, de toute la vitesse de sa meilleure
paire de chevaux. Le long du chemin, Gontran fit appel à sa mémoire que les excès du
plaisir commençaient à troubler, et il se
souvint de certaines paroles de Christiane :
La cousine n'avait jamais aimé M. d'Hervilliers ; elle haïssait la culotte rouge, au
point de vue matrimonial, et c'était par dépit
amoureux, en voyant son cousin épouser
Laure qu'elle consentit à devenir la femme,
du dragon.. Alors, pourquoi s'inquiéter ?

Mlle de Marbeuf, en robe claire, coiffée
d'un chapeau de paille orné de marguerites,
une touffe de violettes à la ceinture, se pro-
menait dans le jardin, derrière l'hôtel, au
moment où la géante vint la prévenir de
l'arrivée de M. le duc. Elle accourut toute
joyeuse, couvrit l'amant de caresses, de fous
baisers :

— Bonjour, mon Gontran ! La belle journée !... Comme tu es gentil d'être venu de
bonne heure !...

— Christiane, j'ai une grosse nouvelle à
t'apprendre?

— Tu es papa?

— Cela viendra plus tard.

— La santé de Laure?

— Excellente ! La nouvelle ? Juliette se
marie.

— Tant mieux!

— Elle épouse... Cette fois, devine ?

— Je suis un peu brouillée avec les grands noms du Faubourg.

— Juliette épouse le vicomte d'Hervilliers.

— Le capitaine d'Hervilliers ?

— Oui.

— Mes compliments à ta sœur ! Quelle audace !.. Je parle comme si j'étais toujours de notre monde, comme si j'existais encore.

Elle n'avait ni rougi, ni tremblé ; elle se mit à rire, en fourrant son bouquet de violettes sous le nez du petit duc.

— Ce mariage te laisse froide ?

— Absolument.

— J'hésitais à t'en informer ; je craignais…

— Ma jalousie ? Voyons, bébé, tu sais bien que ce grand godiche de capitaine, je l'épousais à contre-cœur ?

— Tu me fais plaisir de le rappeler.

— A quand la noce ?

— Dans un mois, deux mois au plus tard.

— Juliette doit être aux anges ?

— Aux anges ou au diable ! C'est la première fois que je la vois esquisser des ris
et des grâces : elle est d'un drôle !

— C'est toi qui as mené les fiançailles ?

— Jamais de la vie ! La comtesse d'Hervilliers et ma mère désiraient depuis longtemps ce mariage.

— Les jeunes époux habiteront Compiègne ?

— Naturellement, à moins que mon futur
beau-frère ne change de garnison.

— Hem ! la vie de province !...

— La vie de province à une heure de
Paris.

— J'aime mieux Paris, moi.

Ils marchaient à travers les allées bril-
lantes, s'en venaient au profond des char-
milles, et Christiane murmurait, entre les
baisers d'amour, de brûlantes paroles, éveillait les souvenirs des odieuses concupis-

cences, avait des frôlements voluptueux, des
remous de jupes et de linge, pour enflam-
mer le pâle jeune homme de toutes ses
ardeurs.

Sous les ombrages des tilleuls, on avait
installé une escarpolette, ils y montèrent;
ils se balançaient, les lèvres chercheuses,
et des oiseaux s'ébattaient autour d'eux, au-
dessus de leurs têtes, sur les branches en
fleurs.

Dans les lointains, une voix très douce
chanta :

> C'est le printemps,
> Faites des enfants!

— Ma foi, non! dit Christiane qui se
trémoussait; après nous, la fin du monde !

— Une femme enceinte est un monstre,
observa tranquillement le mari de Laure.

— Monsieur le duc oublie la situation
intéressante de Mme la duchesse ?

— Je parle d'une manière générale : j'ad-
mire les personnes sveltes et garde l'horreur
instinctive des gros ventres, et, du reste,
ma chère, tu n'as rien à me reprocher, toi
qui évites la maternité avec un soin jaloux,
un art délicat, des scrupules adorables, des
défenses merveilleuses.

— Les enfants adultérins sont si malheureux !

— Pourquoi ?

— La loi leur accorde seulement les aliments, et les pauvres êtres nés d'un commerce adultérin ne peuvent élever aucune
revendication sur les biens de leurs auteurs,
même lorsque les père et mère décèdent,
sans autre progéniture.

— Le mot progéniture me semble exquis!
On en mangerait! C'est un cours de droit?

— Une simple parole humaine et sociale.

— Du socialisme en escarpolette? Balançons ! Est-ce que tu désires augmenter le

nombre des viragos contemporaines, des nouvelles couches féminines ? On s'amusait déjà entre les culottes de Mme le Député, Mme le Préfet, Mme le Ministre, Mme le Docteur, évohé, Mme l'Avocat ! évohé !.. Balançons ! Balançons !

— Où donc avais-je l'esprit ? Je t'ai ennuyé ; je t'embrasse bien vite et j'efface.

— Et moi je t'offrirai, non pas un lapin, mais la peau d'un lapin sur la toge d'un grand-oncle qui fut défenseur à une cour royale ; en attendant, je parie que je te colle ?

— En droit ?

— Non, en science.

— J'ai lu beaucoup, depuis une année ; ma bibliothèque est fort curieuse.

— Tu lis beaucoup trop, et cela te fatigue.

— Voyons, combien parions-nous ?

— Deux baisers.

13

— Deux baisers de moi contre mille louis de mon petit Gontran, mille louis pour une superbe rivière, une épave des diamants de la Couronne qui, l'autre soir, éblouissante à la devanture d'un joaillier, m'empêchait de marcher, me faisait mal aux yeux ? Mille louis ?

— J'accepte. O charmante bréhaigne, si apeurée en présence de la fécondation normale, pourrais-tu me dire ce qu'est la fécondation artificielle ?

— J'ai gagné ! Vraiment, je m'attendais à quelque chose de plus neuf, car, à l'occasion d'un roman et ensuite d'une thèse refusée par la Faculté de médecine de Paris, toutes les revues, tous les journaux ont agité, retourné, pressuré le problème, et ce problème remonte, je crois, aux vieux Égyptiens et aux Mages de la Chaldée, en traversant les alchimistes du moyen âge.

— Définis ?

— La fécondation artificielle, dans l'espèce humaine, eh bien ! c'est ce que le père Coste exigeait des femelles des huîtres et des poissons, au Jardin des Plantes.

— Définis, ou je ne paye pas ?

— Je te connais, beau masque : le sujet prête à l'équivoque, et tu voudrais te régaler de termes obscènes; mais je puis répondre avec les romanciers, les médecins, les philosophes, les poètes : Les soirs d'orage, vers la fin du printemps, une poussière d'or se dégage des anthères de certains arbres en pleine floraison et s'éparpille, vivante et féconde, sur les arbres de même nature et de sexe... faible. Si le pollen des fleurs, transporté par les vents, peut semer la vie, à de grandes distances ; si, chez les animaux, la seule imprégnation de l'œuf par la substance fécondante suffit à amener le développement de l'embryon, sans la collaboration active des parents, pourquoi la femme ne pourrait-elle être artificiellement fécondée ?

— Battu ! La savante est-elle pour ou contre le système de repeuplement ?

— J'exposerai les raisons favorables, puis les motifs contraires, si tu ajoutes cinq cents louis.

— Cinq cents louis, sur chaque tableau, mademoiselle !

— Raisons des médecins et des romanciers : les êtres artificiels ne diffèrent en rien de ceux qu'engendrent la fécondation normale ; il y a, en France, quatre cent mille femmes stériles, et nous avons besoin de soldats.

— Le contre ?

— Opinion d'un philosophe : l'homme engendré, sans la coopération amoureuse des époux, ne ressemblera jamais aux autres hommes ; il aura des lobes bizarres dans le cerveau ; de plus, les joies des enfants n'étant pas égales aux chagrins qu'ils peuvent cau-

ser, et la vie n'étant pas assez longue pour
le plaisir, et la nature n'étant pas assez re-
connaissante de la peine, il n'y a pas lieu
d'employer la vie à faire, à tant de risques
et de périls, les affaires de la nature. Les
hommes ne veulent plus tant travailler, les
femmes ne veulent plus tant souffrir ; les
uns et les autres aiment mieux pécher sans
concevoir, que de concevoir même sans pécher. Donc, tant pis pour les petites femmes
frappées de stérilité par oblitération des
trompes ou du museau de tanche !

— Madame le docteur, vous me désar-
çonnez !

— Monsieur le sceptique, au prix de deux
mille louis, vous me trouverez toujours disposée à une conférence.

Le petit duc envisageait surtout le côté
comique et graveleux de la question : ou
bien tous les êtres artificiels devaient res-
sembler aux produits pharmaceutiques, aux

phénomènes, aux monstres qui nagent dans
les bocaux remplis de liqueurs infâmes, ou
bien, s'ils ne mouraient pas tous, on verrait
de drôles de choses.

— J'imagine, conclut-il, un huissier appelé à instrumenter, en 1985, chez une
noble famille... artificielle. On introduit
l'huissier et ses deux acolytes dans un
grand salon, et, le long des murs, l'homme
de loi examine et reluque des seringues d'or
incrustées de pierres précieuses ; la maîtresse de maison intervient et s'écrie : « Ne
touchez pas aux seringues ; vous ne pouvez
saisir mes seringues : ce sont mes portraits
d'ancêtres !... »

Les faux amoureux donnèrent de grands
coups de reins, et l'escarpolette monta jusqu'au ciel de verdure, pendant que les berçait,
au souffle de la brise, la chanson humaine :

> C'est le printemps,
> Faites des enfants !

Jamais Mlle de Marbeuf n'av̦ait été aussi voluptueuse. Le vent emporta son chapeau, et dans le va-et-vient du siège suspendu, la figure empourprée, les jupes bouffantes, les cheveux épars, elle abandonnait les cordes, entourait de ses bras le cou de Gontran, implorait la bouche, y mettait un furieux baiser d'amour, semblait se mourir en une jouissance, avec des oscillations de la poitrine, des heurts, des soubresauts, des frémissements de tous les membres. Ils descendirent et s'enfermèrent. Le cousin marqua cette journée d'une débauche sensuelle, d'une épouvantable orgie. Las, il s'endormait sur un fauteuil; mais la cousine, désireuse de mener rondement sa proie, éveilla le dormeur : elle voulait aller au théâtre ; on se cacherait au fond d'une baignoire grillée.

Gontran conduisit Christiane à une représentation joyeuse, puis ils soupèrent en cabinet particulier.

A la fin du souper, vers deux heures du
matin, Mlle de Marbeuf eut encore une fan-
taisie :

— Tu vas dire que je suis folle ! J'aime-
rais à revoir ton hôtel, à achever la nuit
dans mon ancienne chambre.

— A l'hôtel?

— Oui.

— Quelle singulière idée ! Pourquoi re-
paraître en cette maison qui a dû te laisser
de tristes souvenirs?

— Les amoureuses sont bizarres, to-
quées, et là-bas où, jeune fille, je rêvais de
toi, maîtrisant mon amour, il me serait
doux de t'adorer, une nuit, une heure,
quelques minutes. Que pouvons-nous
craindre? Ne disais-tu pas, l'autre jour, que,
depuis le départ de ta femme, personne ne
t'entendait rentrer? Nous renvoyons ta voiture, et nous prenons mon cocher incapable
de te compromettre; nous passons par la

porte de service; on se becquète, et je me
retire sans bruit.

— Tu y tiens?

— Beaucoup!

— Allons!

Le coupé de Christiane s'arrêtait devant
l'hôtel de la rue Saint-Dominique. Mlle de
Marbeuf accepta la main du cousin, et
tous deux gravirent le petit escalier réservé à la domesticité et aux fournisseurs.
Si le bourreau demeurait exempt d'inquiétude, la victime tremblait de rage, et le
long des couloirs déserts, aux sinistres
lueurs d'une lampe-veilleuse, elle se rappe-
lait l'horrible aventure des écuries, le misérable Élias et son maître plus misérable
encore; elle voyait se dresser tous les tableaux de sa funèbre jeunesse. Il marchait, elle le suivait, soulevant la traîne
de ses jupes; d'une voix basse, il demanda :

13.

— Si nous entrions d'abord nous amuser
chez moi ?

Christiane inclina la tête.

— J'évite les espions, continua-t-il, et ma
brute de domestique ronfle là-haut, en sa
niche !

La demoiselle explorait les appartements
de Torcy, mais n'osait franchir le seuil de
la chambre de Laure : une délicatesse la
retenait, l'empêchait d'avancer, elle, la
prostituée, vers l'asile de la dame honnête.
Gontran haussa les épaules, se mit à rire,
et poussant la cousine, il l'obligea bientôt
au sacrifice de leurs amours, sur le lit même
de la duchesse; il offrait des gâteaux, des
liqueurs; elle se contenta d'un grand verre
d'eau de purification, et bras dessus, bras
dessous, ils s'en vinrent doucement à l'ancienne chambre de la visiteuse. La porte
en était fermée; Christiane insista, et le
petit duc finit par se souvenir qu'autrefois

il avait commandé une clé, dans l'intention
de surprendre la jeune fille.

— Attends-moi ; je reviens.

Cette chambre, la chambre maudite, ainsi
que disait la duchesse, elle restait close,
depuis l'incinération des vêtements de Mlle de
Marbeuf, et quand ils y pénétrèrent, une
odeur poussiéreuse les saisit à la gorge ; un
vent de moisissure leur souffla au visage ;
on avait négligé de vider les eaux de toilette ; les papiers se décollaient des murs ;
la cheminée tombait en ruines.

Un bougeoir à la main, Christiane fouil-
lait les tiroirs d'une commode vermoulue
et d'un chiffonnier boiteux.

— Que cherches-tu ?

— Des photographies.

— De toi ?

— Non ; de mon père et de ma mère.

Tous les tiroirs des meubles étaient vides.

— Gontran ?

— Ma belle?

— Les portraits de mes parents sont toujours dans le grand salon et les photographies dans l'album ?

— Sans doute !

— Descendons, je t'en prie.

Ils parcoururent la galerie des aïeux,
fouillèrent les albums. Ni photographies,
ni portraits.

— On me les a brûlés! gronda-t-elle.

— Brûlés? Hélas, oui! je l'avais oublié;
ma mère et ma sœur se vantaient encore,
l'autre jour, de leur sottise! Il faut m'excuser ; je commence à perdre la mémoire, parole d'honneur!... Il ne te reste pas d'autre
portrait ?

— Non.

— Aucune photographie?

— Non.

— C'est ennuyeux !

Ennuyeux! Voilà le seul mot que le gen-

tilhomme trouvait pour atténuer l'irréparable sacrilège, pour apaiser la douleur d'une
enfant qui avait adoré les siens et qui désormais, toute la vie, serait privée de la vue
des chères images ! Ennuyeux ! Ce mot la
révoltait ; elle en gémissait, endolorie comme
par le soufflet d'une main de fer, et, pendant un moment, au souvenir des lâchetés,
des mensonges, des humiliations, en présence de la suprême injure faite à ses pauvres morts, elle demeura immobile, les dents
serrées, avec l'envie féroce de laisser enfin
éclater sa haine. Gontran l'invitait à remon-
ter dans sa chambre ; elle obéit : là-haut,
elle se mettrait toute nue devant lui tout nu,
et puis, elle sonnerait, danserait, chanterait,
crierait, hurlerait, et la maison, les bourreaux et leurs valets, toute la maison viendrait assister au spectacle ! Mais la comédie
tournerait à sa confusion ; la duchesse or-
donnerait de chasser la ribaude à coups de

fouets, ou bien la livrerait à la justice. Le
nom des Marbeuf pouvait-il ainsi déchoir?
En sa passion déjà maladive, Gontran affectait un singulier mépris à l'égard de sa femme,
jurait de divorcer, d'épouser sa maîtresse ;
il souhaitait même le décès de Laure et de
l'enfant qu'elle portait. Si Christiane lui inspirait l'idée d'empoisonner la duchesse ?
Alors, elle le dénoncerait ; elle aurait la joie
de salir la famille, de voir tomber la princi-
pale tête et de l'insulter d'un bravo?... —
Laure ne lui avait jamais fait de mal.

Le cousin enlaça la cousine, et toutes les
pensées de la visiteuse s'abîmèrent en un
sourire de criminelle volupté.

XII

Dans la crainte de voir le cousin se lasser
du tête-à-tête et de leur isolement, Mlle de
Marbeuf autorisa le gentilhomme à lui présenter quelques amis de son club. Gontran
se remettait de ses alarmes, au sujet de la
famille, et il se réjouit d'avoir triomphé des
scrupules et des résistances de la demoiselle.
Outre que son orgueil éloignait toute pensée
jalouse, il n'était point fâché d'éblouir les
camarades avec le luxe de sa nouvelle maîtresse. Pourquoi, du reste, se cacher et vivre
ainsi que des parias? Christiane était sa cousine, mais ne voyait-on pas tous les jours
des gens du monde s'enorgueillir de la beauté
de leurs parentes, devenir ostensiblement

les amants d'une cousine et même d'une
belle-sœur? Au surplus, il y avait maîtresse
et maîtresse, — maîtresse d'une nuit, d'une
heure, de cinq minutes, cette maîtresse-là,
on ne la sortait jamais; on n'invitait jamais
les camarades à venir chez elle, ou bien on
la leur abandonnait comme une proie facile;
— quant à la maîtresse de toutes les heures,
de toute la vie, à la maîtresse quasi-légitime,
étrangère ou parente, on pouvait s'en glorifier. Enfin, M. de Torcy terminait ses oré-
mus en se déclarant prêt au divorce, prêt
à épouser la cousine-maîtresse.

Christiane donnait à dîner aux invités de
M. le duc: une noblesse boueuse de décavés
s'en venait là pour se refaire; on jouait, on
festoyait, on sablait le champagne, on se
grisait. Des demandes d'argent et de rendez-
vous assaillirent Mlle de Marbeuf, qui, distri-
buant des billets bleus, résistait à toutes les
galanteries; mais bientôt, après des discus-

sions bruyantes capables d'intriguer la police, et notamment à la suite de vols de cou-
verts et de vases précieux, les amphitryons
se décidèrent à restreindre leur intimité au
seul commerce du jeune marquis Gabriel de
Sernouze et de sa belle et noble amie Juana
y Parãnos, la femme divorcée du prince Borontzow.

Ce petit marquis de Sernouze, gommeux
aux yeux verts dormants, tout étriqué, fa-
çonné sur le patron même de M. de Torcy,
Juana, cette grande et superbe Espagnole, —
cet étrange couple avait une histoire.

L'hiver dernier, le prince Loris Borontzow, alors le mari de Juana, l'un des hommes les plus considérables de la colonie russe,
n'avait fait que de rares apparitions à son
hôtel de la place de l'Étoile. Il était retenu à
la cour impériale ; mais comme la princesse
adorait Paris et que le prince aimait sa femme
d'une foi robuste, le noble étranger se mon-

tra galant, dédaigneux des jalousiés bourgeoises, en accordant à l'idole de son cœur
les libertés de la cité parisienne. Ce gentilhomme n'était pas l'un de ces pauvres maris
énervés au souffle des civilisations agoni-
santes, l'un de ces êtres ridicules — tristes
héros de revues et de féeries modernes — qui
payent des agences louches pour surveiller
leur femme et reçoivent, voyageurs éperdus
dans les contrées lointaines, le bulletin se-
mestriel et toujours mensonger de la conduite de madame ; c'était un homme de sang
nouveau et fort, une nature primitive, féroce
et loyale, inhabile aux hypocrisies, gardant
le respect des serments conjugaux et la
croyance, la religion des honneurs inviolés
et des amitiés saintes.

La princesse ne devait pas supporter son
isolement. Après avoir repoussé, honnête et
vaillante, les tentatives de gentilshommes
valeureux et discrets qui eussent mis l'épée

au poing pour défendre leur dame, elle s'a-
bîma dans la passion du jeune marquis de
Sernouze, surnommé « la petite marquise »
— on savait pourquoi dans le monde ; les
hommes le disaient, pleins de mépris, à leur
club; quelques grandes dames rieuses le mur-
muraient entre elles, avec force mines et
manières, dans un jeu violent d'éventails,
afin de masquer la rougeur des fronts et l'a-
hurissement des visages. En sa floraison de
jeunesse et de beauté, Juana se donnait tout
entière à Gabriel de Sernouze, au boudiné
joli malgré sa pâleur, au chérubin à la langue
vicieuse : elle était l'homme, il était la femme,
et il lui plaisait ainsi avec son élégance de
demoiselle et ses câlineries de fille perverse.
Pour la première fois, elle l'avait vu costumé
en danseuse à une fête mondaine; il faisait
des grâces en robe légère, dans l'envolée du
tutu, sous le maillot moulant ses formes ; il
était charmant sans barbe — une ombre de

moustache — les yeux noirs agrandis d'un
coup de crayon, une mouche assassine au
coin des lèvres, la tête blonde frisée au petit
fer, poudrée à frimas, couronnée de roses, il
était charmant dans l'éclat des pierreries,
avec l'aigrette de diamants qui tremblait
sur ses cheveux; il dansait à ravir et souriait
à ensorceler toutes les femmes.

Juana, la brune Espagnole à l'allure hautaine, au rose visage illuminé par les feux
d'un regard tour à tour limpide et brillant
comme un pur cristal, ou allumé d'aveu-
glantes couleurs comme, sous un flot de
soleil, une coulée de cuivre; Juana, fille d'un
grand d'Espagne, Juana, la vivante femme,
se sentait entraînée vers cette décadence
d'homme, vers cette jeunesse mourante.
L'Espagnole y trouvait le plaisir malsain
que les malades d'un ordre spécial éprouvent
en mangeant des fruits pas encore mûrs et
déjà pourris, tombés de l'arbre, non point

dans le vacarme de la tempête hurlante et
glorieuse, mais par le travail silencieux,
hâtif et sinistre d'un ver rongeur ; elle gou-
vernait le marquis de Sernouze, « sa petite
marquise » ; elle le caressait, le choyait ;
il s'était ruiné au baccara, elle lui donnait
de l'argent, d'une façon gentille, évitant les
discours et les tristes sermons ; elle lui en-
voyait des fleurs à domicile. Pendant quelque temps, Gontran et Gabriel, amis insé-
parables d'autrefois, s'étaient perdus de
vue ; on ne voyait Gabriel ni au cercle, ni
au Bois, ni au théâtre, ni au cirque : Juana
le dominait, l'absorbait, le ravageait ; il était
sa chose. Le marquis avait une clé de l'hôtel
Borontzow, et au moindre appel, il entrait,
le soir, dans ce paradis terrestre, pour n'en
sortir qu'à l'aube, le corps chancelant, la
figure livide.

Et c'étaient alors des amusements bizarres. Après un fin souper, Juana, un peu

grise, demandait au marquis de se déguiser
en femme, de revêtir son costume de danseuse, d'exécuter l'un de ces pas gracieux
qu'il connaissait si bien. Le costume était
là : il y avait même plusieurs travestis dans
une armoire secrète, des maillots de toutes
nuances, des perruques variées, des batistes,
des collerettes, des jupons brodés, dessous
orageux et tapageurs, des écharpes soyeuses
multicolores, des escarpins à boucles de
brillants, des coiffures de Merveilleuses, des
chapeaux d'Incroyables, des bijoux, des
pendants d'oreilles. Gabriel se déshabillait,
et la princesse aidait à sa toilette. Elle l'aga-
çait, l'énervait, l'émasculait moralement,
prenant un plaisir infini — et pour d'autres
causes que celles de Christiane — à réduire
l'amant, à le rendre plus efféminé toujours.
Parfois, à ces luxures douces et savantes, se
mêlait un peu de ce piment que l'Espagnole
avait recueilli des leçons du Parisien vieillot,

et qu'elle activait, rageuse, en le poivrant
de ses instincts de novice révoltée.

Mais de même que Gontran dédaignait
les plaisirs ordinaires, ainsi Gabriel n'avait
aucun goût pour les luttes géantes de la
sensualité : ni l'un ni l'autre ne se sentait de
taille à affronter les enlacements où les êtres
se tordent, les cheveux épars, les bouches
sanglantes, avec des craquements d'os. Gabriel s'en tenait aux cajoleries aimables et
raffinées des pensionnaires amoureuses.
Juana l'aimait, elle l'aimait de toute la
chaleur de son amour ; il la reposait des
rudes attouchements du prince, de l'homme
au front large, à la barbe fauve éclatante
comme la chevelure de Christiane ; il la reposait des bras de fer qui, l'an passé, avaient
crevé le thorax d'un malotru de portières ;
il la reposait du cavalier-colosse dont
l'étreinte faisait hennir les chevaux et crier
les femmes, de l'hercule qui brisait les chaises

entre ses genoux aussi facilement que le petit
duc et le petit marquis eussent brisé de leurs
jolis doigts un verre de mousseline.

A cette époque, la princesse Juana ignorait encore ce que l'on disait de M. de Sernouze, de ses vices contre nature, de cette
ignominie que le sourire des hommes et la
rougeur des femmes évoquaient à leur ap-
proche, pour les souffleter tous deux au
passage. Un jour d'hiver, de grand matin,
le prince Loris Borontzow, que l'on n'attendait pas, entra à l'hôtel de la place de
l'Étoile et pénétra dans la chambre de sa
femme. La princesse dormait d'un bon sommeil. Aux vertes et tremblantes clartés
d'une veilleuse algérienne, tombant du haut
du plafond, ainsi qu'une lampe de cathé-
drale gothique, dans un triple et gracieux
déroulement de chaînes ouvragées, le gentilhomme put voir, étalés sur un sofa, des
vêtements de danseuse, des volants, un mail-

lot couleur chair, une perruque blonde, une
écharpe de soie bleue. D'abord, il ne comprit rien à ce désordre, qui attestait une rentrée nocturne, fiévreuse; il pensa que Juana
s'était costumée, déguisée ; mais en danseuse! La chose semblait improbable. Il
rougit, se révolta à une idée qui lui vint,
l'une de ces accusations divertissantes dont
les meilleurs d'entre les hommes salissent
bêtement les femmes, et ne trouvant pas la
clé du mystère, désireux de savoir, il interrogea le plus ancien des serviteurs, me-
naçant de l'étrangler si celui-ci ne disait
toute la vérité. Le domestique finit par
avouer que le marquis de Sernouze s'intro-
duisait nuitamment dans le boudoir de la
princesse, et au matin, la conversation suivante s'engagea entre le seigneur russe et la
dame espagnole :

— Madame, dit le prince, vous allez
écrire à M. le marquis Gabriel de Ser-

14

nouze de se rendre cette nuit chez vous.

— Pour le tuer ? demanda la princesse, plus pâle que ses blanches dentelles.

— Non.

Le prince Loris Borontzow présenta une plume à sa femme, et, lui désignant un siège devant une papeterie de bois de rose :

— Asseyez-vous, madame, et écrivez.

— Jamais !

— Écrivez !

— Non !

— Écrivez !

— Non ! c'est un guet-apens que vous préparez, une réédition de l'histoire des Fenayrou, et je ne m'y prêterai pas ! Vraiment, j'imaginais qu'un grand seigneur avait d'autres façons de venger les injures : imitez le pharmacien, monsieur, c'est votre affaire ; quant à moi, je ne suis pas Mᵐᵉ Fenayrou ; je reste la princesse Borontzow, née Juana y Paranos, issue d'un grand d'Espagne!

— Madame, répondit le prince très calme,
les grands d'Espagne et les Fenayrou n'ont
rien à voir dans cette aventure : gentilhomme russe, j'ai, en matière d'honneur
conjugal, les mœurs barbares d'un simple
brigand des steppes, et je demeurerais couvert devant le roi d'Espagne, si, dans votre
patrie, il y avait un roi au lieu d'une reine, et
que le roi m'eût volé ma femme. Vous éta-
blissez entre le prince Borontzow et les Fenayrou une comparaison injuste et fâcheuse.
Il ne s'agit pas de lier, de ficeler le marquis
de Sernouze, de martyriser « la petite
marquise », comme l'on disait hier, au club;
il ne s'agit pas de jeter le corps de votre
amant dans la Seine et d'aller ensuite faire
rire les badauds en cour d'assises...

— De quoi s'agit-il, alors ?

— Vous le verrez cette nuit. Écrivez,
madame !

— Non !

— Vous me forcerez à un acte de violence : écrivez ! vous dis-je.

Tremblante, sous les yeux de flamme qui luisaient sur elle, Juana écrivit ceci, de par l'ordre du maître :

A Monsieur
le marquis Gabriel de Sernouze

Boulevard de Courcelles

« Mon bébé,

« Viens à onze heures, ce soir... L'ogre est toujours en Russie... Viens, je t'adore...

« JUANA. »

Dès que la princesse eut remis la lettre au valet de pied, le prince ordonna au domestique :

— Attends... j'ai, moi aussi, une lettre à faire porter.

Et debout contre la cheminée, il traça rapidement ces mots sur une carte de visite :

« Cher Pacha,

« Ma femme est absente. Ce soir, à onze heures, chez moi, *petite fête*. »

Puis, il indiqua l'adresse :

A son Excellence Ali-Riza-Pacha,
au Grand-Hôtel.

En Ville.

Le valet de pied porteur des deux lettres s'inclina et disparut.

Quand le marquis de Sernouze eut pénétré dans le boudoir, seule, la princesse, plus morte que vive, entendit la porte se refermer doucement, par derrière.

— Comme tu es pâle, Juana !

— Je suis un peu souffrante, ami...

14.

— Veux-tu que j'exécute, pour te distraire, mon nouveau pas de danse japonaise ?

Sans plus de façons, persuadé qu'il allait divertir la princesse, le jeune homme passa dans la chambre à coucher, ouvrit l'armoire secrète et reparut bientôt, costumé en danseuse, couronné de camélias.

Il esquissait un pas léger, s'arrêtait sur une voltige :

— Tu ne m'embrasses plus ! Oh ! vous pleurez, madame !...

Il s'était agenouillé près d'elle, il lui baisait amoureusement les mains, lorsque, tout à coup, un rideau se souleva et deux hommes parurent, le prince Loris, avec son chapeau à haute forme sur la tête, et le Turc Ali-Riza-Pacha, coiffé de son fez.

Le prince agitait son fouet de chasse ; il marcha vers Sernouze :

— Monsieur, dit-il, vous m'avez pris ma

femme ; si vous étiez un homme, nous
nous battrions à cinq pas, au pistolet, dans
le jardin, tout de suite, et, comme dans le
duel du poète, il n'y aurait pas de témoins,
et ce serait madame qui tiendrait le flambeau ; mais vous êtes une « petite marquise », et l'on ne se bat pas avec vous.
Drôle ! vous m'avez pris ma femme ; il faut
me la payer : c'est cent mille roubles !...

M. de Sernouze était là, interdit, la sueur
au front, la bouche ouverte, les bras ballants, tandis que Juana se tordait les bras,
impuissante et meurtrie jusque dans ses
entrailles.

— C'est cent mille roubles ! répéta le
prince. Si vous n'avez pas cette somme sur
vous, petite marquise, il faut vous vendre
à monsieur, qui est à Paris pour le recrute-
ment de son harem.

— Me vendre ? soupira le marquis, en
reculant dans les ombres du boudoir.

— Le vendre ? gémissait l'Espagnole.

— Peki Effendi ! cria le Turc enthousiasmé, j'offre cent mille roubles de la petite marquise !

— Et les cent mille roubles seront pour les pauvres de Paris ! conclut le gentilhomme russe.

Le prince fit claquer violemment son fouet au-dessus de la tête de Sernouze :

— Allons, danse un pas, en l'honneur de ton nouveau maître ! Danse, petite marquise !

Et il dansa.

Le fouet claqua encore, et Borontzow dit :

— Vendu au harem de Son Excellence !

Aussitôt parurent deux grands eunuques de la suite d'Ali-Riza-Pacha ; ils saisirent le marquis, le bâillonnèrent et l'emportèrent dans le coupé qui stationnait à la porte de l'hôtel Borontzow. Mais comme la voiture arrivait sur le boulevard des Capucines,

M. de Sernouze parvint à arracher son
bâillon ; il poussait des cris effroyables.
Au milieu d'un rassemblement, et sur
les ordres des gardiens de la paix, qui
jugeaient la plaisanterie un peu forte, ces
messieurs du harem se virent obligés d'abandonner leur prisonnier ; le petit marquis
héla un fiacre pour regagner son domicile.

Cette histoire très parisienne, Gontran
l'avait contée à sa maîtresse, et tous deux
en riaient, sans y ajouter foi ; elle était
cependant véridique. Depuis l'aventure, la
princesse divorcée et son jeune amant vivaient de rentes espagnoles. Mme Juana y
Parãnos s'estimait très heureuse de connaître Mlle de Marbeuf, et les couples joyeux
s'harmonisaient à merveille. On faisait des
parties carrées : Christiane et Juana se dé-
guisaient en hommes ; le petit duc et le
petit marquis revêtaient des costumes de

femmes, et les luxures que l'Espagnole recherchait voluptueusement pour le plaisir,
la Française, elle, les accomplissait froidement pour la vengeance — et dans la douleur.

XIII

Elle le tenait! Elle le tenait! Elle le tenait! Elle le sentait se vider de la bourse et
s'épuiser des reins! A la suite de spéculations
désastreuses inspirées par le désir de satisfaire les caprices de sa maîtresse, déjà, le
petit duc avait été obligé de recourir aux
emprunts, et déjà, on voyait en lui tous les
stigmates de la dégradation physique et morale venue de la boulimie des sens, des ma-
nœuvres illicites, de l'excès des plaisirs fu-
nestes. Si, dans une habitude ancienne de
gloriole, il se dressait encore, la tête altière,
le buste raide, les membres empesés, avec des
mouvements d'automate genre anglais, il
n'en éprouvait pas moins les symptômes

thèque; tout être normal se fût demandé, surtout après la conversation bizarre en escarpolette, la raison des ouvrages spéciaux de la demoiselle. Gontran, absorbé à la fois et par ses amours et par ses affaires, se contentait de rire, de hausser les épaules, d'égayer son salut d'une niche, d'une plaisanterie, lorsqu'il surprenait Christiane enfoncée dans les lectures médicales : il la baisait à l'oreille, la pinçait gentiment, fermait le volume, enlevait un tapis de table, le fixait à la ceinture de la lectrice, comme un long et grave tablier d'accoucheuse : « — Bonjour, madame la sage-femme !... » ou bien encore il pliait un journal et la coiffait d'un chapeau pointu : « — Mes hommages, madame le docteur !... » Souvent, Christiane cachait les livres et attendait le départ du sujet pour reprendre ses études sur les aberrations des sens; elle ne pouvait ni ne voulait acquérir une instruction complète, et les ouvrages

des vulgarisateurs, les manuels, les simples
historiques, les leçons et les rapports d'un
médecin à l'hôpital de Lourcine lui suffi-
saient : elle apprenait ainsi les traditions de
Sodome et Gomorrhe, les lois de Lycurgue
et Solon, de Zénon et d'Aristippe sur les dé-
bordements de leurs concitoyens, les orgies
des douze Césars, des empereurs et des im-
pératrices, les épidémies névropathiques et
démonomaniaques du moyen âge, les saturnales de la Régence et de Louis XV; elle
savait, en outre, — la *Gazette des Tribunaux*
et les feuilles judiciaires de toutes les capi-
tales l'affirmaient, — que, si nous n'assistons
plus publiquement aux orgies, les actes
contre nature sont toujours fréquents dans la
vieille Europe. Oui, vraiment, elle savait
les effroyables choses dont l'analyse nécessaire, les rudes tableaux de préservation sociale révoltent, terrorisent certains indivi-
dus, des ignorants ou des vicieux, pauvres

hères menés moins par un sentiment de pudeur ou de pitié humaine que par une
crainte d'horribles présages — tristes cour-
roux des orgueils abattus, tristes épouvantes des diagnostics, risibles fureurs de
bonshommes flagellés et à flageller toujours.

Experte en tératologie, Mlle de Marbeuf
observait le fou génésiaque — son œuvre;
elle suivait le processus des désordres de
l'organisme, notait les phénomènes, les pros-
trations, les tremblements nerveux, les embarras de la parole, l'incertitude du regard,
les rouges fibrilles de la cornée; elle étudiait les défaillances monstrueuses, l'ache-
minement du vieux jeune homme vers
cette catégorie d'humains ravalés qui tient
le milieu entre le singe et le porc : il imitait les singes et leurs grotesques pantomimes; il avait des porcs les petits yeux
rouges, les poils hérissés, le museau bas

et provocateur, le goût de l'ordure, la
goinfrerie sensuelle déraisonnée. Encore!
Encore! Cela allait finir! Névroses, ataxie,
paralysie générale! Charenton ou le cercueil!

Mais la nature, si terrible aux vieillards,
protège la jeunesse, et, sous les brises prin-
tanières, l'être étiolé semblait reverdir ; d'un
autre côté, bien que les dépenses de la maison fussent extravagantes, les désirs de luxe
incessants, les pertes de jeu considérables, les
parties carrées, avec Gabriel et Juana, des
plus coûteuses, le gentilhomme n'était point
à bout de ressources. Alors, une psychologie raffinée jusqu'à la souffrance s'empara
de Christiane. L'ensorceleuse relisait l'histoire de la belle Ferronnière et de Fran-
çois Ier ; le mari de la Ferronnière se ven-
geait en donnant à sa femme le mal que celle-
ci devait communiquer au roi de France;
la cousine agirait de la sorte, elle gagnerait,

pour la transmettre au cousin, l'affreuse ma-
ladie, terreur de Sapin et de Tapeau, dont
la science lui disait tous les dangers et
toutes les épouvantes ; la cousine recula ;
si elle ne tenait pas à la vie, elle ne voulait
pas mourir laide ! Puis Christiane rêva de
bâillonner et de lier Gontran, d'ordonner à
la géante une surveillance active, pendant
que, nouveau Barbe-Bleue, elle lui chatouil-
lerait la plante des pieds, ou qu'elle ferait de
lui un nouvel Abeilard. Oh ! les chatouilles
et la mutilation seraient épouvantables !
Déjà, elle mimait les chatouilles et affilait,
joyeuse, les ciseaux ! Ces idées s'évanouirent
comme tant d'autres : la noble demoiselle
eut peur du cadavre, de la cour d'assises,
de la prison ; et, calculant ce qui restait de
fortune au gentilhomme, mesurant ce qui
restait de force physique et de lueur cérébrale au sujet, elle revint à son œuvre de
destruction, pleine de la patience d'un algé-

briste, des ruses d'un agent d'affaires, de la discipline d'un soldat, des habiletés d'une faiseuse d'anges et d'un médecin tombeur d'hommes.

Les roses du printemps se changeaient en pâles violettes. Quel terrible service ! Quelle odieuse et infâme mission ! Christiane avait horreur d'elle-même, de ses mains, de sa bouche, de tout son corps ; à certains moments, elle n'osait plus se regarder dans une glace, ni lever les yeux sur la valetaille, et, aux moindres rires éclatant à l'office, elle tressaillait, saisie de honte à la pensée que les serviteurs la narguaient, riaient de son abjection. Seule pourtant, la Cosaque pénétrait les hideux mystères, car la maîtresse exigeait encore de la servante le récitatif de sa lugubre complainte ; Marina Paskoff obéissait.

— Mademoiselle m'a tirée de la misère, de la débauche ; elle a assuré le pain de

mes vieux jours, et je n'ai rien à lui refuser. Mademoiselle était si heureuse avec
M. Clouard !

— Je ne suis pas malheureuse avec M. le
duc.

— Parfois, mademoiselle est plus verte
que l'herbe; je prie Notre Seigneur de faire
mourir monsieur !

— Il mourra bientôt ; sois tranquille,
nous le verrons mourir.

— Mademoiselle tue monsieur; elle se
tue aussi !

— Marina, les exhortations demeurent
inutiles, et je vais te parler comme à une
amie, toi qui eus pitié de mon malheur :
M. Clouard se montrait le plus généreux
des amants, un brave homme, mais tu
penses bien que je ne l'aimais pas? J'adorais
un jeune et beau gentilhomme; il voulait
m'épouser, il me rendait ma situation
sociale, et, pour suivre la vengeance, mon

cœur s'est endormi, glacé. La famille vient
d'exaspérer ma haine en brûlant les portraits des êtres que je pleure ; le petit duc
a jugé ce sacrilège « ennuyeux » ; il m'a
déshonorée, lui, et je tiens la revanche !
Eh ! crois-tu donc, Marina, qu'ayant dé-
serté la fête des Rameaux, presque les joies
de la Rédemption, je vais faiblir sur le
Calvaire ?

La Cosaque montrait les poings au plafond et s'éloignait, la mort dans l'âme.

Des scènes violentes avaient lieu à l'hôtel
de la rue Saint-Dominique, et c'est en vain
que la duchesse disait à son fils : « Votre
conduite, monsieur, est scandaleuse ! Déjà,
vous avez dévoré votre patrimoine, plus de
quinze cent mille francs, et vous abusez du
régime de la communauté pour emprunter
sur les biens de votre femme ! Inutile de
nier les faits : ils me viennent du notaire, qui

15.

refuse de vous ouvrir un crédit sur ma succession. Mais vous ne toucherez pas à ma
fortune, vous ne compromettrez pas la dot
de votre sœur, et l'on trouvera le moyen
d'arrêter la ruine de l'épouse et les scan-
dales du mari ! Votre mère, monsieur, n'est
pas votre dupe : vous rentrez à sept ou huit
heures du matin, et, hypocrite, vous ordon-
nez chaque soir à votre valet de chambre
de tenir allumées les lampes de vos appartements ; vous portez le masque des ignobles
plaisirs, vous courez à la mort ! » En vain
elle lui disait : « Laure tressaille dans les
douleurs de la maternité, et vous ne demandez même plus des nouvelles de votre femme !
Vous vous moquez du fruit de vos œuvres !
Qui donc vous empoisonne ? Quelle est la
misérable créature qui souille votre honneur,
vous dégrade, vide votre cerveau, hume
votre vie ? » Le jeune duc inventait des raisons ; il n'en usait pas toujours en sa défail-

lance des souvenirs, et devant les menaces
d'un conseil judiciaire il s'emporta, injuria
sa mère. Juliette voulut intervenir; il cloua
sa sœur en lui reprochant les manigances
de son mariage avec le capitaine d'Hervilliers, l'union prochaine d'un beau garçon
avec la demoiselle laide, Juliette « la carte
forcée ! » Alors la vieille duchesse et sa fille
offrirent leurs peines à la Vierge, au Bon
Dieu, à cette Vierge Marie, à cette Reine d'a-
mour, de miséricorde et de justice qui, aux
lueurs de l'incendie allumé par les cruelles
dames, à la flambée des vêtements de la
martyre, aurait dû descendre de son trône
et témoigner enfin de sa puissance en châ-
tiant les dévotes haineuses.

Gontran, ce matin-là, venait de recevoir
un télégramme; il s'agissait d'un rendez-vous
urgent, et dans quel endroit! chez un marchand de vins de la rue Montmartre. Mais
il n'y avait pas à hésiter; le papier bleu était

signé d'un nom auquel il fallait obéir. M. de
Torcy donna l'ordre d'arrêter son coupé,
en face du Helder, et, très nerveux, le stick
vibrant, il se mit à marcher.

Seul, au fond d'une petite pièce, derrière
un comptoir de zinc, Élias Rowester, l'ancien cocher de l'hôtel de Torcy, attendait
M. le duc. Au lieu des simples favoris, signe
distinctif de la magistrature et de la ser-
vitude, Élias portait la moustache, toute
la barbe, une superbe barbe de roi assyrien,
et son accoutrement achevait de le rendre
méconnaissable : chapeau à haute forme,
bottines vernies, jaquette noire, pardessus jaune, une immense chaîne d'or et
ses breloques, une épingle verte à la cravate rose, des bagues, le tout flambant neuf
et de très mauvais goût, la tenue d'un crou-
pier de tripot, après la manœuvre. Il avait
déjeuné là solidement; le garçon apportait
des liqueurs, de la bière, deux petits verres,

deux grands verres, et le jeune duc s'informait au comptoir de la personne qui l'attendait.

Rowester se leva :

— Monsieur le duc voulait-il me faire
l'honneur d'accepter une pétite verre de
fine ?

— Non; merci.

— De la bière ? Elle est très bon ?

— Rien.

— Aoh ! monsieur le duc, ce fine est
délicieux !

— Je n'ai pas soif.

Sur l'ordre d'Élias, le garçon se retira et
ferma la porte.

— Je prié monsieur le duc d'avoir le
bonté d'excuser la rendez-vous dé moi; jé
n'ai pas voulu me présenter à l'hôtel, à
cause de mesdames, et jé pense que mylord
aimera mieux m'entendre dans la établissement où personne ne connaît lui.

— Élias, tu avais juré de ne jamais revenir à Paris ?

— Yes, monsieur le duc ! Aoh ! pardonnez à moi ! Bien que l'on soit habillé comme une prince, on a eu des chagrins, fortement, dans la Angleterre...

— Enfin, que demandes-tu ? Je suis pressé ! Veux-tu cent sous ?

— Cent sous !

— Un louis ?

— Une louis ! Régardez-moi, mylord, avant d'offrir ?

— C'est du chantage !

— De la chantage, qu'est-ce ?

— Finissons-en !

— Monsieur le duc, voilà : jé désirai monter pour moi, acheter...

— Un cheval ?

— Non, un petit agence de les renseignements, et il faudrait à moi quinze mille d'abord...

— Quinze mille francs, misérable! Je t'ai
déjà donné dix mille francs; je m'en tiens là.
Un mot de plus, et je te signale à la justice !

— Hip! hip! hurrah! Et moi, j'écris à
mesdames, le vieux duchesse et le nouveau,
à la capitaine d'Hervilliers aussi, l'histoire
de miss Christiane de Marbeuf! Yes !

Affolé devant les menaces du maître-
chanteur, M. le duc se montrait plus doux,
et comme Rowester se contentait de billets
à ordre, il ajouta cinq mille à la somme
exigée et s'engagea pour vingt mille francs.

— Si monsieur est gêné, on pourrait
procurer à lui des fonds ?

— Tu as donc de l'argent ?

— Pas moi; un ami à moi. Est-ce que
monsieur le duc a revu le demoiselle de
Marbeuf ?

— Non, elle doit être morte.

— Aoh ! c'est dommage, car il était gentille tout plein !

Le maître et l'ancien cocher prirent un
nouveau rendez-vous; le jeune duc, tout à
l'heure si cassant, choquait de verre avec
Élias, il serrait la main d'Élias; il lui
donna même des détails sur la prétendue
mort de Christiane, avant d'accompagner
Christiane à Auteuil, dans la charmante
villa de Mme Y Parãnos, ex-princesse Borontzow, et de M. de Sernouze, le joujou
de madame.

XIV

Saint-Pétersbourg, 20 mai 1886.

A Monsieur le Baron de Pomeyrol,
Boulevard Malesherbes,
A Paris.

« Mon cher Horace,

« Dans mes dernières lettres, pour ne pas t'affliger encore, j'évitais de parler de Christiane, et comme ce nom aimé revenait toujours sous ma plume, j'arrêtais en leur vol de chères pensées dont je brisais les ailes ; mais c'est en vain que l'amant de Christiane essayait de promener sa douleur, de la divertir, de la frotter et de l'user aux spectacles nouveaux d'un grand peuple : toutes

les joies le laissaient endolori, et le vent
glacé de la Néva demeurait impuissant à
engourdir sa peine.

« Il me semble que tu hausses les épaules
et soupires : « Détraqué ! Névropathe ! » Un
homme est-il donc un malade, un fou,
parce qu'il a aimé, parce qu'il aime une
femme ? Y a-t-il, ô mon philosophe, un sentiment plus naturel, après la pitié, que l'a-
mour ? Y a-t-il, en l'honneur de Dieu et de
la nature, un hosanna plus humain, un
« gloria in excelsis » plus triomphal que
l'hosanna d'un amour jeune, que le « gloria » d'un amour profond, vivace, respectueux, car le respect n'affaiblit pas les ardeurs de la passion, et il les honore. Il faut
m'entendre à demi-mot : je veux dire que si
quelque chose pouvait adoucir mon cha-
grin, atténuer la perte de Christiane, ce
serait la conscience d'avoir traité la maîtresse en femme légitime, de ne lui avoir

jamais demandé ce qu'un brave homme,
sain de corps et d'esprit, ne demande jamais
à l'épouse.

« Oui, cher Horace, mon amour et mon
respect grandissaient pour Christiane ; j'oubliais l'endroit si étrange de la rencontre,
et peu à peu s'évanouirent les impressions
fâcheuses des Folies-Bergère : Christiane y
marchait pleine d'angoisse, affolée de désespoir ; elle ne savait pas les mystères de
la halle aux filles ; bientôt, je me jurais,
dans l'apothéose d'un rêve joyeux : « Christiane, une vagabonde ? Allons donc ! c'est
une demoiselle ! Je l'ai courtisée, adorée, à
une fête du vrai monde et au milieu d'un
essaim de beautés, de futures patriciennes ! »
Rien ne démentit mon rêve ; le désintéres-
sement, la fraîcheur, l'esprit, l'éducation
morale et les ignorances libertines de l'inconnue jetèrent un voile sur l'odieuse réalité. Combien je fus ingrat de soupçonner

ma charmante maîtresse, d'imaginer, le
jour de son départ, un mensonge, une per-
fidie ! Christiane est rentrée en grâce auprès
de sa famille, et elle a retrouvé non pas son
père et sa mère, — un père et une mère n'a-
bandonnent point leurs enfants, et si les enfants les abandonnent, ils reviennent plus
vite, — elle a retrouvé, ainsi qu'elle le disait, une simple tante, une tante millionnaire. Les raisons de la fuite ? Cette parente
n'avait pas la douceur d'une maman ; au
fond, elle était bonne, elle aimait sa nièce,
et d'un baiser de mère elle l'a reconquise
dans toute sa pudeur, en effaçant tous les
péchés ! Vieille dame et jeune fille vivent là-
bas en leur ancienne et somptueuse maison.
Christiane mariée ? Déjà ! Eh bien! s'il en
est ainsi et que je l'aperçoive au bras de l'é-
poux, je lui dirai d'un triste regard : Madame,
votre ancien amant, le gentilhomme qui eût
été fier de vous nommer sa femme, celui qui

vous a respectée, vous respecte, il ne veut
plus troubler l'épouse, et la maîtresse est
morte! Voilà le dernier soir, la mise au tombeau! Laissez-moi emplir de vous et mes
yeux et mon cœur — et passez!

« Horace, je me trompe, je me fais du mal
inutilement : Christiane est toujours libre,
et libre, je la reverrai ! Tout en ce pays me
parle d'elle, car elle idéalise le type de la
beauté septentrionale avec ses yeux noirs et
sa chevelure flambante et radieuse comme
un soleil sur les roses des joues et la neige
de la poitrine !... Elle sera ma femme !

« Je t'embrasse, cher ami, grand frère.

« MARCEL DE LA BIERGE. »

Cette lettre précéda seulement de quelques jours l'arrivée à Paris de M. de La
Bierge : le jeune diplomate venait d'obtenir un congé de trois mois, et avant de se

rendre chez sa mère il acceptait l'hospitalité
du baron.

Marcel semblait mener une vie insou-
ciante et joyeuse; Horace, déjà mûr pour la
retraite, s'empressa de donner une clé à son
hôte, et celui-ci, noctambule infatigable, ne
se couchait point sans avoir exploré tous
les cabarets galants.

— Tu es jeune, tu t'amuses; moi, je « dé-
tèle » et je m'embête ; nous sommes dans
l'ordre tous deux !

Puis, le vieux Parisien ajoutait :

— Ma maison de célibataire manque du
confortable, ou plus exactement du luxe de
l'hospitalité écossaise ; ici, mon brave Marcel, pas de femmes! pas de femmes! Le
visiteur doit pourvoir à son alcôve; mais, au
dehors, le domaine est vaste, la chasse
peuplée, et s'il t'arrive de rencontrer une
grande et honneste dame effrayée par la
garniture d'un sofa-omnibus, je t'autorise

à lui faire les honneurs de l'immeuble.

La Bierge n'usait pas de l'autorisation : il courait le monde des ministères, les thés, les bals du Faubourg et les endroits du facile plaisir, aussi indifférent à l'œillade d'une bourgeoise et au sourire d'une duchesse qu'aux exhibitions d'une soupeuse jouant son va-tout.

Une nuit, Marcel rentra tout bouleversé ; il vint frapper à la porte du baron.

— C'est toi, Marcel ?

— Oui.

— Quelle heure dit ta vieille montre ?

— Deux heures.

— Et un tour de la grande aiguille ? Monsieur l'ambassadeur, vous avez une conduite... Êtes-vous seul ?... Es-tu encore bredouille ? demanda Pomeyrol.

— Seul et bredouille. Est-ce que je te dérange ?

— Moi ? Je ne dors jamais !... Après le suc-

cès de mon Scarron, coût : cent louis; vente :
trois francs, je songeais à me rattraper sur
les timbres-poste; j'en ai décollé deux qui
viennent de la reine Pomaré, et si tu avais
amené deux jolies personnes, on aurait pu
les leur coller quelque part : je suis toujours
contre la prostitution, et pour l'affranchis-
sement d'abord postal, et ensuite social, de
l'espèce féminine !

Le baron interrompit ses grivoiseries
en voyant entrer La Bierge.

— Dieu ! que tu es pâle ?

— J'ai retrouvé la dame de mon cœur,
celle que je pleurais, ma Christiane !

— Aïe !

— Elle était en compagnie folichonne; ils
sortaient à quatre d'un cabinet particulier :
ils ont voulu jeter un coup d'œil sur la grande
salle où je rêvais d'elle... Alors, la voyant là,
tout près, la voyant au bras de cet homme,
j'ai senti une douleur, oh ! une douleur...

— Mon pauvre Marcel !

— Christiane s'est retirée, sans m'apercevoir.

— Heureusement.

— Mais, je connais le monsieur; tout Paris le connaît.

— Il se nomme ?

— Gontran de Torcy.

— Le petit duc ?

— Lui-même, et flanqué de son ami Gabriel de Sernouze.

— Un autre fétu, le chérubin de l'ex-princesse Borontzow !

— M. de Torcy était le cavalier de Christiane; et je corrigerai le petit duc, et au besoin M. de Sernouze, « la petite marquise. »

— A quoi bon ?

— Je corrigerai M. de Torcy, non pas pour qu'il me rende Christiane, mais parce qu'il me l'a prise !

16

— Veux-tu un conseil ?

— Non, merci.

— La Bierge ?

— Inutile d'insister, mon cher Horace.

— Raisonnons un peu ?

— Ne raisonnons pas, je t'en supplie.

— Je me lève; allons chercher des femmes !
Livrons-nous à des saturnales romaines et à
des agapes parisiennes; inventons une noce
enragée; moi, je veux que la sinistre demoiselle disparaisse de ton souvenir !

— C'est fait.

— Alors, tu renonces à tes projets ? Marcel devient sérieux; il estime l'infidèle à sa
juste valeur, et il ne se battra pas ?

— Je me battrai.

— Marcel, songe à ta mère, aux inquié-
tudes que tu vas lui donner ? Ah! si l'on
t'insultait, je ne tiendrais pas le même langage ! Raisonnons : une maîtresse de hasard,

une de ces créatures qu'un vent funeste
sème de par le monde...

Le soir du Grand-Prix, les journaux de
la dernière heure publièrent :

« Une altercation assez vive s'est produite
aujourd'hui à Longchamp, sur le pesage,
entre deux jeunes gentilshommes, M. le duc
de T*** et M. de La B***, secrétaire d'ambassade.

« On ignore la cause de l'incident.

« M. le duc de T*** a envoyé deux de ses
amis à M. de La B***. »

Les journaux du lendemain matin étaient
plus explicites :

« On nous communique le procès-verbal
suivant :

« Pendant une altercation survenue aux
courses de Longchamp, M. Marcel de La
Bierge a frappé M. le duc Gontran de
Torcy, et ce dernier a aussitôt chargé M. le

capitaine vicomte d'Hervilliers et M. le marquis de Sernouze de demander à M. de La Bierge une réparation par les armes ; M. de La Bierge ayant donné mandat de le représenter à M. le baron de Pomeyrol et à M. le prince d'Austerlitz, d'un commun accord les témoins ont reconnu qu'une rencontre était inévitable.

« L'arme choisie est le pistolet de tir rayé, avec échange pour chaque adversaire de deux balles, à vingt-cinq pas et au commandement.

« La rencontre aura lieu après-demain matin, à dix heures, sur la frontière belge, à un endroit convenu entre les témoins.

Paris, le 3 juin 1886.

Pour M. le duc de Torcy :	*Pour M. de La Bierge:*
Vicomte d'Hervilliers.	Baron de Pomeyrol.
Marquis de Sernouze.	Prince d'Austerlitz. »

Mlle de Marbeuf, un peu souffrante, gardait la chambre au moment où le petit duc

se fit annoncer à sa maîtresse ; la cousine
embrassa le cousin, heureuse de l'altération
des traits de cette proie ennemie si terrible
à détruire.

— Hier, après les courses, j'ai dû m'oc-
cuper... mais, tu as lu les journaux ?

— Pas encore.

— Tu ne lis donc jamais rien, en dehors
des atroces volumes de médecine ? Les
feuilles parlent de moi et d'un autre personnage ignoré du grand monde, mais bien
connu de Mlle de Marbeuf.

— Qui ?

— Le sieur La Bierge, parbleu ! Un
roturier faussaire, naturellement !

— M. de La Bierge ?

— Oui, le nommé de La Bierge, un goujat
dont l'éducation rappelle les mœurs et
dépasse la grossièreté de ton ancien maçon
Saturnin Clouard. Tu choisissais bien tes
amants !

16.

— M. de La Bierge est à Paris?

— Nous nous battons au pistolet, deux balles chacun, à vingt-cinq pas et au commandement.

— Pourquoi?

— Le drôle, par jalousie sans doute, m'a cherché une querelle de maçon. A Longchamp, j'examinais les performances des chevaux, quand ce monsieur se met à ricaner d'une manière impertinente; je le traite de sauvage, il me répond : imbécile! je lève mon stick, et il ose porter la main sur moi.

— En effet, ton oreille droite a des marques noires, une déchirure mauvaise.

— Je le tuerai!

— Gontran, je te défends de te battre!

— Vous tremblez pour lui? Vous l'aimez encore?

— Je ne l'ai jamais aimé! Nos relations si courtes ont été banales, lugubres; je t'en

épargne le récit... Gontran, M. de La Bierge
est très fort aux armes!

— A l'épée, je sais; aussi mes témoins
viennent d'imposer le pistolet. Il est bon
que j'aille trouer un carton et caresser la
tête du mannequin, en attendant celle du
bonhomme. A ce soir !

Christiane s'habilla et se fit conduire
boulevard Malesherbes. Justement les deux
amis et le second témoin de Marcel, le
prince d'Austerlitz, revenaient de chez Gas-
tine-Renette et causaient dans le cabinet du
baron.

— Sapristi, mon gaillard, s'écriait Pomeyrol, dix-neuf balles sur vingt! Le petit
duc a déjà du plomb dans le gras! Ne le
tue pas! vise le mollet; à présent, du
calme !

Le valet de chambre informait son maître d'une visite. La Bierge demeura seul
avec le prince Philippe d'Austerlitz, l'un

de ses anciens camarades de collège, un jeune blondin à l'air résolu.

— Moi, disait le prince, j'étais d'avis de récuser Sernouze. Du moment où Borontzow l'a vendu au harem d'Ali-Riza-Pacha, il n'appartient plus à la société parisienne... Enfin, tu as désiré ne voir soulever aucun obstacle...

— Mon cher Philippe, Sernouze ou un autre ! Et puis, la récusation était bien difficile à motiver.

— Débarrasse-nous toujours du petit duc, et l'on trouvera bien le placement de la petite marquise. Quelle désolation ! Deux grands noms de France ravalés par ces cocos !

Mlle de Marbeuf prenait congé de M. de Pomeyrol.

— Baron, j'aurais été si heureuse...

— Je vous le répète, mademoiselle, l'heure est mal choisie : nous partons demain matin,

et à l'avant-veille d'un duel grave, La Bierge
a besoin d'éviter toute émotion agréable...
ou pénible. Attendez! Vous reverrez Marcel à notre retour ; si vous l'aimez encore un
peu, faites ce sacrifice ?

Christiane se retira, et toute la nuit fut
pour elle une nuit d'horreur, et pour Gontran une nuit de jouissance meurtrière.

XV

Mme Juana y Parănos était venue passer
la journée du duel auprès de Christiane, à
l'hôtel des Champs-Élysées. Les dames dé-
jeunèrent en tête à tête, et, pour répondre à
la demande câline de l'Espagnole, on servit
le café dans le boudoir ouvert sur une serre
merveilleuse. Tandis que Mlle de Marbeuf,
en robe gris-perle très simple et boutonnant
haut, demeurait debout et pensive contre le
vitrail enguirlandé de roses, Juana se pro-
menait, un éventail à la main, fumait des ci-
garettes, balayait le sable de l'éblouissante
traîne de sa jupe rouge vif, en admirant les
végétations bizarres : des iris monstrueux
soufflaient les parfums empoisonneurs ; des

cactus riaient de leurs lèvres sanglantes; des
aloès étalaient des griffes et des pointes de
métal verni; de larges feuilles de velours sombre et aux plaies rougeâtres dormaient, bai-
gnées d'eau verte et chaude, et lorsque le doigt
de l'étrangère les touchait, ces plantes sinistres se dégageaient des mousses, enflaient le
dos, s'éveillaient, frissonnantes de tous leurs
dards; un saule à couronne blanche, un
saule précieux que Gontran et Gabriel s'é-
taient amusés à orner d'un visage : nez de
carotte, yeux de marrons d'Inde, bouche de
pivoine, oreilles de tournesol, barbe de gy-
nérium, langue pendante de raifort, — cet
arbre funèbre et comique inspirait à la fois le
dégoût d'un monstre ivre et la pitié d'un
homme vieilli qui s'affaisse et pleure, en
temps de mascarade, sous la risée; les yuc-
cas, les palmiers, les dracœnas, les myrtes,
les azalées, les camélias et les rhododendrons
prenaient des allures fantastiques; les plan-

tes, toutes les fleurs poussées là, depuis les
verveines, les myosotis, les muguets, les mi-
mosas, les primevères, les héliotropes, jusqu'aux liserons et aux marguerites, jusqu'aux
douces violettes, toutes ces fleurs, nées et
grandies dans l'artifice, avaient des senteurs
extraordinaires, des atrophies ou des hyper-
trophies, des contorsions aimables, des in-
firmités gracieuses, des airs penchés, des
alanguissements, presque des obscénités de
tige et de corolle, et à les toucher et à les
sentir la femme vicieuse éprouva une joie
énorme, car son tempérament qui l'éloignait
de la nature, de l'amour simple et des jouissances naturelles, des êtres simples et de
leurs harmonies, subissait, même au temple
de Flore, l'irrésistible attraction des phénomènes.

Juana s'était approchée de Christiane.

— Si nous causions un peu, ma belle
amie? Théâtre, voyages, modes, à votre

17

choix. Êtes-vous pour les dessous noirs?

— Les dessous noirs?

— Oui. Vous ignorez encore cette révolu-
tion mondaine? Elle date de huit jours cependant! Moi, je suis la mode : plus de
blanc, rien que du noir! chemise de soie
noire, jupons noirs, pantalons de noires
dentelles. Vive le noir!

Au soleil emflambant les vitres, la dame
jouait avec la chevelure de la maîtresse du
petit duc, agitait les tresses blondes autour
des prismes lumineux, et, tout en parlant du
noir, établissait une gamme, une sympho-
nie des ors. Ses passions la travaillaient; ses
yeux s'agrandirent, sa peau devint moite,
fiévreuse, et son torse s'électrisa, vibra,
comme s'il allait en jaillir une gerbe d'étincelles.

— Christiane? O ma Christiane!...

— Que me voulez-vous, madame?

— Je... Je...

On venait de sonner à la grille, et Mlle de
Marbeuf, ayant aperçu l'un de ces bonshommes bleus porteurs de dépêches, s'élançait à sa rencontre.

— Attendez! criait Mme y Parãnos; vos
gens ouvriront! Quel mauvais goût!

La cousine de M. de Torcy lisait le télégramme suivant :

Mons-Paris.

Événement grave. — *Navré de ma victoire.*—*Gabriel et moi bien portants, rentre-
rons cette nuit.* — *Amitiés.*

Gontran.

— Eh bien! demandait l'Espagnole, M. le
duc est vainqueur, et vous ne riez pas, et
vous ne dansez pas ?

— Événement grave ? Victoire? Oh! il
me l'a tué! Il me l'a tué! gémissait Christiane, les dents serrées, toute livide.

— Vous avez mal compris, ma chère !
C'est Gontran qui...

— Madame, laissez...

— Vous tremblez? Vous allez défaillir !
Voyons, appuyez-vous sur mon épaule?...

Ce même jour, Christiane télégraphia en
Belgique, à une adresse indiquée par le va-
let de chambre du baron Horace, et M. de
Pomeyrol répondit : *La Bierge mort.* »

A dater de l'affreuse aventure, Mlle de
Marbeuf écrivit non pas un journal préten-
tieux de bas-bleu, mais de simples notes sur
sa pauvre vie, et ces pages arrachées au
livre de douleur témoigneront peut-être des
angoisses de la vengeresse et aussi de son
courage et des forces vives de son âme :

Paris, le 8 juin 1886.

Hier, on a ramené à Paris le corps de
Marcel : on le conduit à Angoulême; il sera

inhumé dans le caveau de la famille. Une
lettre de Pomeyrol venait de m'informer
de l'heure du train de Belgique, et j'attendais sur le quai de la gare du Nord, avec
une brassée de fleurs : des hommes enle-
vèrent du wagon étranger le cercueil de
mon amant chéri, et ils le portèrent vers
une autre voiture. Le baron Horace et
l'autre témoin de Marcel, M. le prince
d'Austerlitz, tous deux tête nue et bien
pâles, précédaient le cadavre; enveloppées
de longs voiles noirs, Mme de La Bierge et ses
deux filles suivaient, chancelantes, au milieu
du vacarme des fers, de la vibration des
timbres et des sonneries de cloches, arrivée
et départ, entre un flot banal de voyageurs ;
le monde circulait indifférent devant mon
pauvre mort; le sifflet des locomotives semblait le huer! Pomeyrol s'occupait de la
translation des restes sacrés; il donnait des
ordres à voix basse : un diable chargé de

malles qui passait à fond de train heurta le
cercueil, et je m'avançai pour le défendre!...
Heureusement, personne ne m'aperçut; je
continuais à me cacher, à regarder, à souffrir, à surveiller, sans larmes. La famille et
les deux amis s'éloignèrent; la voiture du
mort devait les rejoindre à la gare d'Orléans;
on étiquetait le fourgon vert sombre; je glis-
sai quelques pièces d'or à un employé, et
celui-ci me donna le temps de baiser enfin
l'horrible boîte et de jeter mes fleurs!... Le
soir, Juana, Gontran et Gabriel ont ri avec
Christiane, et Christiane a sablé le champagne! Puis, l'amour, — toute la lyre!

Le 11 juin.

Gontran me presse de quitter Paris et de
m'installer sur une plage mondaine; la
géante trouve que j'ai l'œil mauvais.

Le 14 juin

A son retour des obsèques, M. de Po-

meyrol a bien voulu m'accorder une entre-
vue ; aujourd'hui, j'ai passé deux heures
avec notre ami. Mon Dieu! qu'il me faisait
mal à entendre! « J'avais, dit-il, la direction
du duel; je commande : Feu! Je compte : un,
deux, trois! et Marcel tombe, il tombe; et
tout ce que j'aimais n'est plus qu'une chose
morte! » Le baron marchait, les yeux rouges, le dos voûté, blanc comme un linge :
« Christiane, vous pouvez le pleurer ; il
vous adorait ! Moi, je vous dis adieu! vous
ne me reverrez plus; je viens de brûler le
testament où, à son insu, je donnais à La
Bierge toute ma fortune, et je m'en vais
au loin, chez les étrangers, traîner et pourrir
ma vieille carcasse!... » Alors, très chaste,
en inclinant mon front, j'ai murmuré,
comme autrefois Marcel : « Embrasse-moi,
grand frère! » Il pleurait encore; je ne pleurais pas, mais je parlai du petit duc, et il
m'a sentie vibrer de haine !

Le 15 *juin.*

Brusquement, Mme Juana y Parãnos,
l'odieuse créature, a emmené en Espagne
Gabriel de Sernouze. Raison de la fuite de
ces phénomènes : le jeune prince d'Austerlitz cherchait les oreilles de « la petite marquise ».

Le 17 *juin.*

Mariage de Mlle Juliette de Torcy avec
M. le capitaine d'Hervilliers. Itinéraire du
voyage de noces : les bords du Rhin. —
Elles m'amusent, les demoiselles jalouses qui
s'en vont attendre les coupables, à la sortie
de l'église, et les aspergent de vitriol !

Le 18 *juin.*

Laure a accouché d'un cadavre. Pauvre
petite duchesse ! Le duc ne la voyait que pour
lui demander de l'argent ou sa signature ; il
en arrivait à la menacer, à l'injurier ; mais
si les angoisses de cette douce créature as-

sombrissent mes joiés de destruction, je me
hâte de dire : à défaut de la cousine, rien
n'eût été changé dans les malheureuses des-
tinées de Laure ; le mari vicieux serait fatalement devenu la proie des horizontales, des
Sapin ou des Tapeau.

Indignés des façons de leur gendre, M. et
Mme de Château-Renauld se décident à
garder leur fille, et l'on cherche un moyen
de divorce ; d'un autre côté, la vieille duchesse sollicite, en l'honneur de son fils, un
conseil judiciaire. A quoi bon, chère tante ?
Mettez vos lunettes, et vous découvrirez le
pot aux roses : nouvelles différences à la
Bourse et au club — divers emprunts —
billets protestés — ruine prochaine, de par
la grâce de votre nièce, que vous avez jugée,
condamnée, flétrie, ô noble justicière !

Le soir du même jour.

« Voyons, Christiane, a soupiré Gon-

17.

tran, est-ce que cela te gênerait beaucoup de me prêter... — Cher, je vis avec ce
que tu me donnes, et je n'ose t'offrir des
économies qui remontent... — A M. de La
Bierge ? — A M. Saturnin Clouard; tu ne
voudrais pas de l'argent du maçon; je te
connais, tu n'en voudrais pas! » Alors Gontran a crocheté les tiroirs de sa mère; il a
volé une liasse de billets de banque, des obligations au porteur, des bijoux, et il est ren-
tré les poches pleines : « On ne vole point
une mère, on lui prend, n'est-ce pas ? — Évi-
demment ! » Au milieu des bijoux, et avant
l'arrivée d'un juif acquéreur, j'ai prié le
cousin de me laisser un souvenir, la broche
nuptiale de la duchesse, de la femme qui
brûla les portraits de mes morts, et cette
broche piétinée, insultée d'un crachat, elle
s'en était allée dans la boîte aux ordures !
Nos malles sont faites ; nous partirons demain matin à quatre heures.

Brighton, le 20 juillet.

A Trouville, à Cabourg, à Dieppe et à
Boulogne, le petit duc rencontrait des amis :
on me le dérangeait! Enfin, sur cette plage
anglaise d'un luxe effrayant, nous revenons
à nos mystérieuses amours, loin des yeux
indiscrets et des lèvres bavardes. La plupart
des serviteurs gardent l'hôtel des Champs-
Élysées; monsieur se contente de son domestique, et moi, j'ai seulement amené ici
la géante, une cuisinière et une femme de
chambre. Notre villa est située au bord de la
mer, et le spectacle...

Le 22 juillet.

Les toilettes? Les mœurs? Il en sera des
mœurs et des toilettes comme du spectacle
de la nature : des points!... A la ligne!...
Est-ce que je viens dans ce pays pour y
observer quelque chose ou quelqu'un, en
dehors de mon compagnon de chaîne et de
ses défaillances?

Le 24 juillet.

Nervosité extrême. — L'air de la mer est défavorable à l'ennemi.

Le 25 juillet.

Le monstre mange à peine : la nuit, il s'agite plus fort; il ne dort plus; les cauchemars redoublent.

Le 26 juillet.

Gontran interroge les médecins, et comme le malade — mon cher malade — n'avoue pas la cause de son mal, nous rions ensemble des consultations auxquelles je l'invite à ne point ajouter foi et des ordonnances que je lui défends de suivre. Le premier médecin a ordonné les laxatifs : bouillon d'oseille — lavements.

Le second, les toxiques : quinquina — hydrothérapie.

Un troisième, les antispasmodiques : valériane — assa fœtida — bromures — frictions sèches — électricité statique.

Le 1er août.

Le petit duc a déjà interviewé tous les médecins de la plage, contre espèces sonnantes, et les charlatans de la vieille Angleterre, aussi fameux que nos princes de la science, ont répondu avec leurs griffonnages habituels. Il était malaisé de traduire, et l'on n'a pas cherché à comprendre.

Le 2 août.

Nous sommes en train d'inventer le jeu des « petites ordonnances ». Gontran mêle dans son chapeau de paille les feuillets en question, et je tire. Voici les bulletins du dépouillement initial :

1° Prendre matin et soir, avant chaque repas, un des cachets suivants : — valérianate de quinine, 30 centigrammes.

Pour un cachet f.s.a. (*facite secundum artem*), 15 cachets.

2° Alimentation intensive : viande crue et hachée, de 100 à 150 grammes, au repas du matin.

3° Une douche froide de 10 à 12 secondes, suivie d'une friction d'un quart d'heure, avec le gant de crin.

Les accidents nerveux sont prééminents, et alors le deuxième bulletin :

1° Bromure de potassium..... 15 gr.

Sirop d'écorce d'oranges... 250 gr.

Une cuillerée à soupe le matin, et deux le soir, en commençant le repas.

2° Une séance d'électricité statique, chaque jour. Durée : vingt minutes. — Insister avec les étincelles sur la colonne vertébrale.

Troisième bulletin : homœopathie... Non!... Assez !

Le 3 août.

Un vieux docteur a semblé lire au travers du jeu des petites ordonnances, et
il nous recommande seulement beaucoup,
beaucoup de sagesse... Allez-vous-en, médecin du diable!

Le 4 août.

Excursion en mer. — Gontran a eu froid.

Le 5 août.

Quel réveil! Cette nuit, je tremble de
l'écrire, cette nuit, dans une hallucination gagnée sans doute au contact infâme,
j'ai revu Marcel!... Marcel sortait du tombeau, jeune et charmant, tel qu'en nos
heures bénies, et de même que Werther
pour Lolotte : Je le tenais serré contre
mon sein, et je couvrais sa belle bouche, ses
lèvres tremblantes, d'un million de baisers
enflammés. La volupté se peignait dans ses

yeux, les miens partageaient leur ivresse.
Grand Dieu! serais-je coupable de sentir, en
ce moment encore, du bonheur à me rappeler ces transports? Oh! Marcel! Marcel!...
C'est fait de moi! Mes sens s'égarent; je ne
suis plus à moi, mes yeux sont remplis de
larmes... Ah! je ferais mieux de partir!...

Le 6 août.

Non! Je reste.

Le 8 août.

La mort ne veut pas de lui! Si j'essayais
du sulfure de carbone? Ce poison, affirment
les docteurs, détermine une surexcitation
de toutes les facultés; le sens génésique surtout est le siège d'une activité effrayante: la
dépression survient, et les forces organiques
et intellectuelles s'affaissent en raison di-
recte de leur excitation première.

Le soir du même jour.

J'hésite entre le sulfure de carbone et les cantharides.

Le 9 août.

Décidément, je renonce au sulfure de carbone, dont l'intoxication laisse des traces et peut provoquer l'autopsie du cadavre. Je vais mêler une forte dose de cantharides au thé de Gontran.

Le 13 août.

L'effet a été prodigieux. — Horreur! horreur! horreur! Voici mon chant d'amour!

Le 15 août.

Sainte Vierge Marie, pitié! pitié!

Le 16 août.

La damnation éternelle, mais la vengeance!

Le 17 août.

Oui, la vengeance!

Le 18 août.

Lentement.

Le 19 août.

Sûrement.

Le 20 août.

Froidement.

Le 21 août.

Joyeusement!

Le 25 août.

Je relis et j'adapte à ma situation la fin du monologue d'Hamlet, après le départ de Rosencrantz et de Guildenstern. Jamais terribles paroles ne furent plus en harmonie avec mes esprits: « ... Et cependant, moi, drôlesse stupide et au cœur de boue, je suis

là inerte comme un Jeannot rêveur, insen-
sible à ma cause... Suis-je une femme lâche?
Qui veut m'appeler scélérate? Qui veut me
frapper au travers du visage? Qui veut m'arracher la chevelure et me la jeter à la face?
Qui veut me tirer par le nez? Qui veut me
donner le démenti par la gorge, et me l'enfoncer jusqu'aux poumons? Qui veut me
faire cela, eh! sang de Dieu! je l'accepte-
rais, car il est trop évident que j'ai un foie de
pigeon, et que je manque de fiel pour donner à l'ennemi l'amertume qui lui convient;
sans cela, j'aurais déjà engraissé tous les
vautours du pays avec la charogne de ce
brigand. Scélérat corrompu! Scélérat déna-
turé, traître, paillard, sans remords! Oh!
vengeance! — Oh! quelle bourrique je suis!
Voilà qui est fort courageux à moi, fille
d'un gentilhomme et d'une princesse, à moi
qui suis excitée à la vengeance par le ciel et
l'enfer, de soulager mon cœur par des mots

comme une putain, et d'être là à maudire, comme une vraie souillon, comme une marmitonne! Fi donc! fi! A votre tâche, ma pensée!...» Hamlet n'avait besoin que d'une pensée pour armer son bras d'un poignard et le conduire, et moi, plus triste, plus malheureuse, j'ai besoin non seulement de toutes les lumières de mon cerveau, mais de toutes les complaisances de mes membres. A votre tâche, mon corps!...

Le 2 septembre.

Il est méconnaissable : teint jaune et joues creuses. Dos voûté, jambes grêles et tremblantes.

Le 3 septembre.

Les cheveux grisonnent, le front se ride, la patte d'oie s'accentue.

Le 5 septembre.

Grisé de cantharides, il perd la tête : il

court sur la plage et murmure des paroles obscènes à l'oreille des baigneuses.

Le 6 septembre.

Les arcades sourcilières sont molles, flasques et incapables de maintenir le monocle.

Le 7 septembre.

Au Casino, une Française a demandé, en regardant M. de Torcy : — Quel est donc ce vieux petit monsieur ? Une autre a dit : — Il est malade, fou !

Le 9 septembre.

Gontran est alité. Nouvelle ordonnance : peptones de viande.

Le 10 septembre.

Fièvre, délire...

Le 11 septembre.

... Déambulation nocturne.

Le 13 septembre.

Les médecins le condamnent.

Le 14 septembre.

Il est extrêmement pâle et amaigri, et un matin ou un soir qu'il n'ira pas plus mal que la veille, — à l'occasion d'un mouvement brusque, d'une émotion, il s'éteindra par anémie cérébrale, sans période agonique, c'est-à-dire asphyxique.

Le 15 septembre.

J'ai saupoudré de cantharides les peptones de viande.

Le 16 septembre.

Il a rêvé qu'il poignardait sa mère et sa sœur, et qu'ensuite sur les corps... Oh! je suis damnée!...

Le 17 septembre.

Élias Rowester, le cocher Élias, est à

Brighton. M. le duc de Torcy avait eu la
vanité de se faire annoncer dans les dépla-
cements et villégiatures du *Figaro*, et depuis trois jours Élias cherchait son ancien
maître. Le valet — mon amant des écuries! — a fini par découvrir notre retraite;
il m'a honoré d'une visite; il m'a demandé
pardon, et je lui pardonne, et je consens à lui
payer de mes deniers les cent mille francs
qu'il a prêtés, au duc ruiné, s'il veut exécuter mes ordres. — Il viendra.

Le même jour, quatre heures.

Me réhabiliter? Donner enfin à la famille
de Torcy et au capitaine d'Hervilliers la
preuve éclatante de mon innocence et de la
scélératesse du maître et du valet. Trop
tard! Marcel est mort!...

Cinq heures.

La géante s'inquiète de mes allées et ve-

nues; elle croit à la machination d'un crime
banal, et elle me supplie de vaincre la mauvaise pensée : « Jésus priait pour ses bourreaux ! » — Le Christ était Dieu, et je suis
femme !

Six heures.

Gontran repose.

Sept heures.

Il s'éveille et demande à boire.

Huit heures.

Trois médecins l'entourent.

Neuf heures.

Le moindre bruit, un frôlement de papier
ou de soie, l'énerve et le fait sursauter.

Dix heures.

Un prêtre vient de lui donner l'extrême-
onction.

Onze heures.

Gontran m'appelle, me serre la main, sourit et râle.

Onze heures et demie.

Le ciel est tout noir; la tempête menace; de larges gouttes de pluie commencent à tomber.

Minuit.

C'est horrible!... Je n'ose plus!...

Minuit 10 minutes.

Ce n'est pas un crime!

Minuit 15 minutes.

Si!

Minuit 20 minutes.

Non!

Minuit 25 minutes.

Qu'il meure en paix!

Minuit 35 minutes.

Le tonnerre gronde, les éclairs m'éblouis-
sent; mon sang est en feu! (*S'approchant
du lit de Gontran.*) On dirait qu'il me
nargue! (*Marchant à la rencontre d'Élias.*)
Entrez, voici la somme! (*Coupant l'air de
sa main ouverte.*) Il faut en finir! Viens,
Élias!

L'orage éclatait dans toute sa fureur; des
zigzags de flammes illuminaient la chambre;
sur la mer déferlée, on voyait au loin des
signaux de détresse; les bateaux dansaient,
éperdus; le vent faisait mugir les ondes, et
des vagues énormes, des vagues hurlantes,
battaient les assises de la villa. Il y eut
un coup de tonnerre effroyable; les portes
et les fenêtres claquèrent; des vitres volèrent
en morceaux jusque sur le lit du moribond.

— J'ai peur!... gémissait le petit duc.

— Gontran, regarde!

M. de Torcy avait rassemblé ses dernières forces, et, aux rouges lueurs des éclairs, Christiane et Élias lui apparurent, amoureusement enlacés.

Il se souleva :

— Je rêve!... Je deviens fou!... Christiane?

— Souviens-toi, et meurs!...

Les globes de ses yeux s'agrandirent démesurément; sa langue tout entière pendait; une convulsion le rabattit. Élias descendait l'escalier, et Mlle de Marbeuf demeurait là, frappée de stupeur et plus pâle que le mort.

— Marina, au secours! au secours!

Quelque chose l'entraînait; elle avait ouvert une fenêtre, et, avant l'arrivée de la Cosaque, elle se précipitait dans l'abîme. Aux cris de la géante, des mariniers de garde s'élancèrent.

On ramena Christiane sur la rive; la demoiselle vivait encore. Le lendemain, la
Gazette de Brighton annonçait à la fois le
décès prévu d'un gentilhomme étranger et
l'acte touchant de désespoir de la maîtresse
du gentilhomme.

Une revue anglaise ayant demandé, à l'occasion de cette aventure, un article écrit
« en français » à un romancier français qui
se baignait à Brighton, l'écrivain conclut
ainsi : ... Son peignoir bleu roula entre les
montagnes de blanche écume et les noirs
tourbillons. Mais la tempête s'était calmée :
la jeune femme passait, doucement portée
par les vagues, où sa chevelure allumait des
ors; elle passait, suivie d'un cortège de
varechs, de lichens, de. fleurs marines
plus lumineuses que les fleurs de la terre,
— et, sous les étoiles, j'ai rêvé d'une morte
devant cette vivante, et j'ai vu, ô Shakes-
peare! ta belle Ophélie flottant sur l'onde!

Mlle de Marbeuf a vendu l'hôtel des Champs-Élysées, et elle vient d'entrer aux Carmélites. Son nom? Marie des Sept-Douleurs.

FIN

Paris. — Imp. PAUL DUPONT (Cl.) 27,5.88.